LE
PALAIS DE CRISTAL

OU LES
PARISIENS A LONDRES

GRANDE REVUE DE L'EXPOSITION UNIVERSELLE

EN CINQ ACTES, ET HUIT TABLEAUX,

Par MM. CLAIRVILLE et Jules CORDIER,

MISE EN SCÈNE DE M. DAUDEL. — MUSIQUE DU BALLET DE MM. ADAM, LANNER, PILATI ET ADOLPHE VAILLARD. — BALLET COMPOSÉ ET ARRANGÉ PAR M. E. LEROUGE. — COSTUMES DESSINÉS PAR M. ALFRED ALBERT. — DÉCORS DE M. DEVOIR. — MACHINES DE M. AUGUSTE MARIE.

Représentée pour la première fois, à Paris, sur le théâtre de la PORTE-SAINT-MARTIN, le 26 Mai 1851.

PERSONNAGES DU PREMIER TABLEAU.	ACTEURS.
MONTGUIGNON, fabricant de meubles	M. NESTOR.
JULIETTE, sa fille	Mlle MINA WELL.
THÉOPHILE CHEVILLARD, amoureux de Juliette	MM. GIL-PÉRÈS.
BADINOT, commis aux écritures chez Montguignon	BENJAMIN.
LEONORA, travestie	Mlle PAULINE GOBERE.
JULES MINOTAURE, hercule	MM. MARCHAND.
CREMAILLÈRE, inventeur exposant	PARADE.
BENIN	DUBOIS.
LOLO, fils de Bénin	Le petit Eugène.
PALMYRE, cousine de Théophile, exposante	Mmes ANATOLIE.
CANICHETTE, Mâconnaise, exposante	SOLANGE.
MANETTE, Normande, idem	P. LEGRAND.
MARGOT. Auvergnate, idem	BLIGNY.
JEANNETON, Picarde, idem	ANTONY.
MIRA, Provençale, idem	ARIEL.
PICOTINE, Champenoise, idem	DELAMARRE.
ISAURE, Gasconne, idem	VICTORINE.
PREMIER DOUANIER	MM. MERCIER.
DEUXIÈME DOUANIER	LANSOY.
MARIANNE, domestique de Bénin	Mme RICHER.

Commissionnaires, Douaniers, Garçons d'hôtel anglais, Voleurs, Policemen, Voyageurs des deux sexes et de tous les pays, etc., etc...

PREMIER ACTE. — PREMIER TABLEAU.

La douane à Londres, vue prise du port. — Au fond, la Tamise. — Au lointain, la ville. — Au premier plan, à gauche, l'entrée de la douane ; à droite, des arbres, le milieu du théâtre est encombré de malles, de valises, de paquets, de ballots, etc.

SCÈNE PREMIÈRE.

DOUANIERS, COMMISSIONNAIRES.

(Au lever du rideau une grande activité règne en scène. Les commissionnaires chargent les bagages, entrent et sortent. Les douaniers achèvent de visiter, de ficeler et de fermer les malles.)

PREMIER DOUANIER. Vite, vite, le paquebot du Havre arrive dans un quart d'heure, et nous n'avons pas diné... dépêchons!

DEUXIÈME DOUANIER. Quel encombrement! jamais les voyageurs ne nous laissent autant de bagages.

PREMIER DOUANIER. Ils étaient si pressés de partir pour trouver des logements!

DEUXIÈME DOUANIER. Eh bien! s'ils en trouvent, ils auront de la chance! L'exposition ouvre après-demain, et Londres est envahi. (*Il entre à la douane à la suite des autres commissionnaires qui emportent les bagages.*)

SCÈNE II.

LE PREMIER DOUANIER, THÉOPHILE.

THÉOPHILE, *entrant à droite, au premier douanier en train de ficeler un ballot.* Ah! monsieur le douanier! je suis un des voyageurs arrivés tout à l'heure, un Français, Théophile Chevillard. Je vous ai laissé ma malle.

PREMIER DOUANIER. Vous la trouverez à la douane.

THÉOPHILE. Merci bien; mais dites-moi, vous ne pourriez pas me donner l'adresse...

PREMIER DOUANIER, *achevant de ficeler le ballot.* L'adresse est dessus; mais pardon, il faut que je dîne...

THÉOPHILE, *poursuivant son idée.* L'adresse d'un logement... il m'a été impossible de trouver...

PREMIER DOUANIER, *de même.* Cherchez à la douane ou dans la cour.

THÉOPHILE. Un logement dans la cour?

PREMIER DOUANIER, *avec humeur.* Eh! non! votre malle! Il est bête ce jeune Français... (*Il entre dans la douane en emportant le ballot.*)

THÉOPHILE, *seul, le regardant sortir avec colère et le suivant.* Hein? Ah! mais! ah! mais! goddem!.. (*Revenant en scène.*) Oh! je lui flanquerais une volée, que ça ne me donnerait pas de logement... Ah! si! ça me ferait loger en prison... et ma foi, j'aime encore mieux loger sur le pavé de Londres, avec ma malle. Voyons à la douane. (*Il se dirige vers la douane.*)

SCÈNE III.

PALMYRE, THÉOPHILE.

PALMYRE, *sortant de la douane, un carton à la main, elle s'arrête en le reconnaissant.* Eh! mais!..

THÉOPHILE, *de même.* Ah! bah!

PALMYRE. Ah! que c'est drôle!

THÉOPHILE. En v'là une farce!

PALMYRE. Théophile!

THÉOPHILE. Palmyre!

PALMYRE. Mon cousin à Londres!

THÉOPHILE. Ma cousine à London! (*Il lui fait descendre la scène.*)

PALMYRE, *déposant son carton.* Je suis arrivée à une heure.

THÉOPHILE. Mais dis-moi donc par quel hasard?

PALMYRE. Je suis exposante.

THÉOPHILE. Toi?

PALMYRE. Oui, j'expose à la grande exposition des produits de l'industrie.

THÉOPHILE. Et que d'able as-tu inventé de nouveau?

PALMYRE. Des ballons.

THÉOPHILE, *étonné.* Des ballons!

PALMYRE, *souriant.* Pour les dames... des ballons-crinoline.

THÉOPHILE, *comprenant et riant.* Ah très-bien!.. et ç'a été reçu?

PALMYRE. Avec frénésie, ç'a enthousiasmé le jury, ça l'a enlevé.

THÉOPHILE, *gaiement.* Je crois bien, des ballons!

PALMYRE. Et toi, est-ce que tu n'as rien exposé à Londres?

THÉOPHILE, *tragiquement.* Oh! moi, c'est bien une autre histoire qui m'a conduit ici.

PALMYRE. Quoi donc?

THÉOPHILE, *d'un ton comiquement dramatique.* Une histoire lugubre et mystérieuse... une de ces histoires qui font blanchir les cheveux avant l'âge. Palmyre, m'aperçois-tu quelques cheveux blancs?

PALMYRE. Non!

THÉOPHILE. Eh bien! j'en ai, je m'en suis vu, j'en ai trouvé sur mon occiput depuis le jour où pour la première fois... (*Changeant de ton.*) Mais d'abord il faut que je te dise que je suis amoureux.

PALMYRE. De moi?

THÉOPHILE. Non, ç'a été, ça pourrait être, mais ça n'est pas.

PALMYRE, *tendant la main.* Touche là! j'aime mieux les amis que les amants... va ton train!

THÉOPHILE. Connaîtrais-tu, par hasard, à Paris M. Montguignon, fabricant de meubles?

PALMYRE. Je n'ai pas cet avantage.

THÉOPHILE. As-tu ouï parler d'un M. Badinot, jeune commis aux écritures?

PALMYRE. Je n'ai pas davantage cet avantage.

THÉOPHILE. Eh bien! Palmyre, ils arrivent!

PALMYRE, *vivement.* Ils arrivent... qui ça?

THÉOPHILE. Montguignon et Badinot!

PALMYRE, *de même.* Où ça?

THÉOPHILE. Ici.

PALMYRE, *de même.* Quand ça?

THÉOPHILE. Ce soir.

PALMYRE, *de même.* Mais pourquoi ça?

THÉOPHILE. Ah! que tu as peu d'intelligence, ma bonne amie! comment! tu ne comprends pas que ce Montguignon est le père de ma Juliette adorée, et que ce Badinot est mon odieux rival!

PALMYRE. Ah! bon! j'y suis maintenant. Et quelle espèce d'homme est-ce, que ce Badinot?

THÉOPHILE. Un crétin, dont ce Montguignon, autre crétin, raffole parce qu'il flatte ses manies. Figure-toi que ce vieil idiot de Montguignon, ne rêve qu'inventions nouvelles, machines nouvelles, mécaniques nouvelles, c'est ce qui fait que Badinot a trouvé le moyen de lui plaire; il a découvert ce moyen au moyen de ses découvertes; il a commencé par couvrir Montguignon d'un chapeau qu'il avait découvert, pour le couvrir d'une redingote également découverte et pour le chausser de souliers tout aussi découverts.

PALMYRE, *riant.* Ah! ah! ah!

THÉOPHILE.

Air du *Fleuve de la vie.*

Ne pense pas que je plaisante!
Badinot, de la tête aux pieds,
Le couvre de ce qu'il invente,
Chapeau, gilet, habit, souliers.

PALMYRE, *gaiement.*

Ce Badinot, que veut-il faire
Avec cette exhibition?
Vient-il à l'exposition
Exposer son beau-père?

(*Elle passe à droite.*)

THÉOPHILE. Je l'avais cru d'abord, mais on parle encore d'une autre mécanique qu'il aurait inventée, et que le jury aurait eu la bêtise de recevoir; si bien que, s'il obtient une médaille, je suis enfoncé. (*Il se laisse tomber sur le carton que Palmyre avait placé près d'elle.*)

PALMYRE, *le prenant par le bras et le faisant passer à droite.* Prends donc garde! c'est mon carton que tu enfonces! Ah çà, tu m'annonces une histoire tragique, et tu me parles de mécanique, es-tu fou!

THÉOPHILE, *reprenant l'air et le ton tragique.* J'ai dû commencer par la comédie avant d'arriver au drame; il fallait t'expliquer pourquoi j'avais préféré Londres à tout autre lieu d'exil.

PALMYRE. D'exil? comment! tu es exilé?

THÉOPHILE, *d'un ton naturel.* Un exil volontaire. Écoute, et apprête-toi à frémir. Connais-tu à Paris la place de la Bourse.

PALMYRE. C'te betise!

THÉOPHILE. Cette place toujours encombrée de voitures et de passants, offre-t-elle à ta folâtre imagination l'aspect d'une salle de bal?

PALMYRE, *gaiement.* D'une salle de bal?

THÉOPHILE. Oui?

PALMYRE. Non.

THÉOPHILE. Très-bien! ce préambule était nécessaire... j'arrive au fait. Un soir donc que rêvant à mes amours, je venais de me hasarder sur la place de la Bourse, au coin de la rue Vivienne, je vois tout à coup se dresser devant moi un homme... as-tu vu M. Lablache dans *la Tempesta?*

PALMYRE. Non.

THÉOPHILE. Je te demande cela pour te donner une idée de quelque chose de monstrueux. L'homme, qui me barrait le passage, n'avait rien d'humain; c'était un colosse aux formes herculéennes, un de ces géants (*D'une voix naturelle.*) comme on en trouve encore dans les féeries de la Porte-Saint-Martin et au café Mulhouse. (*Reprenant le ton tragique.*) Ce monstre dont la voix pouvait être comparée à celle du bœuf, me dit en

me barrant la place : (*D'une grosse voix.*) C'est à monsieur Théophile Chevillard que j'ai l'honneur de parler? (*D'une voix flûtée.*) — Oui, Monsieur. (*D'une voix plus forte.*) — Théophile Chevillard? (*D'une voix flûtée.*) — Théophile Chevillard.

Air du *Concert à la cour.*

A ces mots,
En deux sauts,
Vite, il m'enlace;
Il me prend
En courant,
En tournoyant;
(*Exécutant un temps de valse.*)
Et nous valsons,
Et nous faisons,
Sur cette place,
Deux mille tours,
Tournant toujours,
Toujours, toujours!
Depuis ce temps, chaque fois qu'il se montre,
Dans chaque endroit où le gueux me rencontre,
Il me reprend,
En recourant,
Sans me rien dire;
Son bras m'attire
Et ses gros yeux
Sont furieux!
Lorsque vers moi son regard se dirige,
A l'instant même il me prend un vertige,
Je n'ose pas
Faire un seul pas;
Mon front s'incline...
Cet homme-là,
Il me fascine
Comme un boa!
Entre ses pieds, mes deux pieds s'entortillent,
Ma tête tourne et mes cheveux pointillent!
Comme ma tête,
A l'abandon
Mon corps se jette...
Je tourne, tourne, assure-t-on,
Comme un teuton!
Comme ma tête, etc.

PALMYRE. Quelle histoire me fais-tu là! un homme qui te force à valser dans la rue?

THÉOPHILE. Tu sais si je suis brave... chaque fois, j'ai voulu tuer cet homme, et chaque fois il m'a répondu en se moquant de ma fureur : (*Faisant la grosse voix.*) — Vous me reverrez souvent, et je recommencerai toujours. (*D'une voix douce.*) — Mais pourquoi? que vous ai-je fait? (*D'une grosse voix.*) — Je n'ai pas besoin de vous le dire, vous le savez bien! (*D'une voix naturelle.*) Je te jure ma parole d'honneur que je n'en savais rien, que je n'en sais rien encore!..

PALMYRE. Mais c'est incroyable! et à ta place j'aurais... (*On entend au loin la cloche qui annonce l'arrivée du paquebot.*)

THÉOPHILE, *remontant vers le fond.* Le paquebot

qui arrive!... c'est elle peut-être!... Ah! je vais...

PALMYRE, *le retenant.* Tu vas me suivre.

THÉOPHILE. Te suivre?

PALMYRE, *prenant son carton.* Oui, oui, jusqu'au palais de l'Industrie; je suis femme, je suis curieuse, et, de plus, je suis adroite, je saurai... Prends mon carton, et viens...

THÉOPHILE, *qu'elle charge de son carton.* Mais Juliette qui arrive peut-être!..

PALMYRE. Nous allons revenir... mais va donc!

PREMIER DOUANIER, *sortant de la douane avec d'autres.* Allons, les enfants, au travail! voici le paquebot!

THÉOPHILE, *poussé par Palmyre.* M'en aller quand elle arrive!

PALMYRE, *le poussant de nouveau.* Mais va donc! (*Ils sortent par la droite. Ici la cloche se fait entendre beaucoup plus fort. On voit au fond apparaître, puis passer un bateau à vapeur.*)

SCENE IV.

DOUANIERS, COMMISSIONNAIRES, *puis* LÉO-NORA, *en costume d'homme.*

DEUXIÈME DOUANIER, *regardant vers la Tamise.* Ah! que de monde sur le paquebot!

DES COMMISSIONNAIRES ANGLAIS, *sortent de la douane en courant et en criant: The steamer!.. let us run and' meet the travellers and take their luggage.* « Le bateau à vapeur!.. courons à la rencontre des voyageurs pour prendre leurs bagages. » (*Ils disparaissent vers le fond, à droite.*)

LÉONORA, *venant de droite, à elle-même.* La cloche d'un paquebot!.. Est-ce lui? arrivera-t-il enfin?

PREMIER DOUANIER. Attention! voici les voyageurs... formez la haie. (*Les douaniers se rangent pour fermer le passage.*)

LÉONORA, *regardant au fond, à droite.* Oh! mon Dieu! que de voyageurs!.. si malgré ce costume j'allais être reconnue... (*On entend au dehors un bruit de voix, mêlé à celui des commissionnaires anglais qui crient: Wellington hôtel! Albion hôtel! Star hôtel! Dolphin hôtel!* « L'hôtel Wellington! l'hôtel d'Abion! l'hôtel de l'Étoile! l'hôtel du Dauphin! »

LÉONORA. Oh! je ne veux pas m'exposer au milieu de cette foule, et pourtant il faut que je lui parle... En me couvrant de mon manteau que j'ai laissé à la douane, oui, c'est cela!.. Ah! si vous m'avez trompée, perfide, tremblez! (*Elle entre à la douane.*)

SCÈNE V.

LES DOUANIERS, LES COMMISSIONNAIRES, CRÉMAILLÈRE, BÉNIN, LOLO, CANICHETTE, MANETTE, MARGOT, JEANNETON, MIRA, PICOTINE, ISAURE, MARIANNE, *en costume caractéristique de leur pays,* VOYAGEURS ET VOYAGEUSES, *portant tous des bagages. En dernier, arrivent* MONTGUIGNON, BADINOT ET JULIETTE, *également chargés de paquets.*
(*Les commissionnaires placés devant la foule veulent s'emparer des bagages qui sont retenus par chaque personnage, ce qui jette parmi les voyageurs une telle confusion, qu'il leur est difficile d'avancer dans l'étroit chemin formé par les douaniers; ceux-ci leur indiquent l'entrée de la douane.*)

CRÉMAILLÈRE, *perdu dans la foule, avec force.* Mais fichtre! vous me serrez trop! voulez-vous laisser ma malle!

UN MONSIEUR, *de même, le poussant.* Avancez donc, Monsieur!

CRÉMAILLÈRE, *de même.* Ne poussez donc pas!

BÉNIN, *de même, criant.* Prenez garde à vos poches!

UNE DAME, *de même.* J'étouffe!

BÉNIN, *de même.* Où est ma malle?

MANETTE, *de même.* Allais, allais marchais, nous arriverons tout de même.

MARGOT, *de même, se débattant, à un commissionnaire.* Fichtra! voulez-vous me lâcha! qu'est ché que ché que cha, donc?

BÉNIN, *venant en scène et criant.* Mais sapristi! j'ai perdu mon fils, ma bonne et ma malle!

PICOTINE. Quelle cohue!

MIRA, *à un voyageur.* Prenez donc garde, imbécile!

CANICHETTE. En v'là t'y de ce monde!

LOLO, *criant dans la foule.* Papa! oh! on m'étouffe! hi! hi! hi! papa!

BÉNIN. Ah! je reconnais la voix de mon fils! (*Criant.*) Lolo!

LOLO. Papa! (*Il paraît et vient retrouver son père qui est sur le devant, à gauche.*)

MARIANNE, *au milieu de la foule.* Monsieur Bénin! monsieur Bénin!

BÉNIN. Ah! c'est ma bonne! (*Marianne descend la scène, en tenant un enfant et une malle.*) Par ici, Marianne!

BADINOT, *entre avec Juliette en soutenant Montguignon.* Place! place pour une personne qui se trouve mal!

MONTGUIGNON, *s'asseyant sur une petite malle, à droite, sur le devant.* Non, je me trouve mieux, ça commence à se passer. Ces paquebots, ça vous remue, ça vous secoue, ça vous ballotte!.. c'est fort désagréable. Ah! je préfère les wagons! Badinot, vous qui êtes un grand mécanicien, est-ce que vous ne pourriez pas inventer un chemin de fer... sur la mer?

BADINOT. Je verrai, je réfléchirai.

LOLO, *à Marianne, en montrant Montguignon.* Tiens, c'est le monsieur du paquebot... tu m'as dit qu'il était encore plus farce que papa.

MARIANNE. Voulez-vous bien vous taire!

BÉNIN. Quoi donc?

MARIANNE. Rien, Monsieur.

BÉNIN. Marianne, faites porter ma malle à la douane, (*Confidentiellement.*) et prenez bien garde à votre nourrisson!

MARIANNE. Oui, Monsieur. (*A un commissionnaire qui prend la malle.*) Venez, vous! (*Elle entre à la douane avec le commissionnaire. Tout le monde est entré dans la douane et déjà l'on en voit sortir quelques voyageurs qui se promènent et qui regardent la perspective.*)

MONTGUIGNON. Allons, décidément... ça va mieux.

JULIETTE, *qui prenait soin de son père.* C'est pourtant vous, monsieur Badinot, qui êtes cause, avec toutes vos inventions...

BADINOT. Ah! si l'on peut dire!.. soyez franc, monsieur Montguignon, avez-vous eu le mal de mer?

MONTGUIGNON, *se levant.* J'ai eu quelque chose qui ressemblait... certainement j'aurais cru que... mais puisque je portais la ceinture que vous avez inventée contre le mal de mer, ça ne pouvait pas être... j'ai eu le mal de mer, mais ce n'est pas le mal de mer que j'ai eu. (*Avec enthousiasme.*) Grand mécanicien, va!

LOLO. Dis donc, papa, ça se voit!

BÉNIN. Veux-tu te taire!

LOLO. Mais, papa, tu m'avais dit qu'y n' fallait pas que ça s' voie à la douane.

PREMIER DOUANIER, *qui se trouve près de l'entrée de la douane avec d'autres douaniers, se retournant.* Hein? qu'est-ce qui ne doit pas se voir à la douane?

BÉNIN. Rien, monsieur le douanier, rien, c'est ce gamin qui...

PREMIER DOUANIER. Pardon, pardon, je vois quelque chose qui en effet ne devrait pas se voir. (*Prenant le jabot de Lolo.*) Voilà un enfant qui a de bien belles chemises!..

BÉNIN, *à part.* Aïe! aïe! aïe!

QUELQUES PERSONNES, *les entourant.* Qu'est-ce donc?

PREMIER DOUANIER, *lui ôtant sa veste.* Permettez donc, mon petit ami.

BÉNIN. Ah! maudit enfant!

LOLO, *criant.* Papa, y m' déshabille!

BÉNIN. Pour te donner le fouet, gredin!

LOLO, *se débattant et pleurant.* Je ne veux pas moi, na! hi! hi! hi!

PREMIER DOUANIER. Oh! là! eh! tout doux! tout doux! (*Il déroule une pièce de dentelle roulée autour de Lolo.*)

DEUXIÈME DOUANIER, *riant.* Comme ça le maigrit ce pauvre petit!

BÉNIN. Oh! j'enrage!

DEUXIÈME DOUANIER, *regardant Bénin.* Mais il me semble que son papa jouit aussi d'un assez bel embonpoint.

BÉNIN. Je me porte bien, c'est visible.

DEUXIÈME DOUANIER. C'est très-visible, c'est même trop visible; à moi, les enfants!

BÉNIN. Monsieur, ne me touchez pas! (*Les douaniers se précipitent sur Bénin, lui enlèvent son habit et son gilet; et, pendant le chœur suivant, ils déroulent une pièce de soierie qu'il portait autour du corps.*)

CHŒUR.

Air : *Neveu du mercier.*

Oh! la bonne aventure!
Voyez, dans son malheur,
L'excellente figure
De ce pauvre fraudeur!

BÉNIN.

L'infernale aventure!
C'est jouer de malheur!
Une pareille injure,
J'étouffe de fureur!

MARIANNE, *rentrant avec son enfant dans les bras.*
Que vois-je! Monsieur qu'on arrête!

PREMIER DOUANIER.
Eh! mais, quel est ce nourrisson?

LOLO.
C'est mon petit frère en carton.

MARIANNE, *elle retient l'enfant que le douanier veut prendre; la tête lui reste dans les mains.*
N'y touchez pas!

PREMIER DOUANIER.
Il perd la tête!
(*Il a flairé l'endroit débouché.*)
Mais c'est de l'excellent Mâcon!
(*Il verse le contenu du faux enfant dans un seau qu'un autre douanier vient de placer près de lui.*)

MONTGUIGNON, *riant.*
Vraiment ce moutard a du bon!

REPRISE DE L'ENSEMBLE.
Oh! la bonne aventure! etc.
L'infernale aventure! etc.

PREMIER DOUANIER, *à Bénin.*
Ah! vous faites la contrebande!
(*Aux douaniers.*)
Qu'on les arrête tous les trois!

BÉNIN.
Quoi! me faire payer l'amende!
Mais c'était la première fois.

PREMIER DOUANIER.
N'importe! marchez tous les trois!

REPRISE DE L'ENSEMBLE.
Oh! la bonne aventure, etc.
L'infernale aventure! etc.

(*Les douaniers entraînent Bénin, Marianne et*

Lolo, ils sont suivis de Juliette, Crémaillère et des autres voyageurs. Montguignon, Badinot, Canichette, Manette, Margot, Jeanneton, Mira, Picotine, Isaure, restent en scène.)

SCÈNE VI.

MONTGUIGNON, BADINOT, CANICHETTE, MA-NETTE, MARGOT, JEANNETON, MIRA, PI-COTINE, ISAURE, *puis* CRÉMAILLÈRE, *ensuite* LÉONORA.

MONTGUIGNON, *riant.* Voilà ce que c'est que d'être trop inventif quand on vient à l'exposition de Londres.

MANETTE. Y n'aura pas la médaille pour c'te invention-là.

ISAURE. C'est y vous qui l'aurez la médaille, hein? la Normande?

MANETTE. Allais! allais marchais, ça s'ra peut-être ben mé.

CANICHETTE. Si j' veux bien le permettre.

ISAURE. Vous?

CANICHETTE. J' viens tout exprès du Mâconnais pour vous disputer le prix.

JEANNETON. Et moi, j' v'nons de la Picardie dans la même intention.

PICOTINE. Et moi, de la Champagne!

MIRA. Et moi, de la Provence!

MANETTE. Et moi, d' la Normandie!

MARGOT. Et moi, de l'Auvergne!

MONTGUIGNON. Quoi! vous êtes toutes des exposantes ?

TOUTES. Oui!

MANETTE.

Air les *Étrennes de mon parrain* (romance nouvelle).

Des produits
D' mon pays,
J' veux qu' les Anglais soient surpris'
TOUTES.
Des produits, etc.
CANICHETTE.
Les engrais que j' vous apporte,
Du Mâconnais font l'orgueil,
Car leur puissance est si forte
Qu' maintenant tout pousse à vu' d'œil!
MANETTE.
Moi, j' veux qu' mon pays gagne,
Le grand prix d'invention!...
PICOTINE.
Je veux que l' vin d' la Champagne
Mousse à l'exposition!
TOUTES (*bis*).
Des produits, etc.
JEANNETON.
On jugera d' la Picardie
Sur les poir's que j' exposons!...

MANETTE.
J'apportons d' la Normandie
Des pomm's gross's comm' des melons.
ISAURE.
J' veux qu' la Gascogn' vous transporte
Par cé qu'elle exposéra!
MARGOT.
Moi, de l'Auvergne j'apporte,
Des châtaign's gross's comme cha.
(*Elle montre ses deux poings. Parlé.*) Fichtra!
TOUTES (*bis*).
Des produits
D' mon pays,
J' veux qu' les Anglais soient surpris!

MONTGUIGNON. Des poires, des pommes, des châtaignes, en voilà une exposition nourrissante !

MANETTE. Oui, mais tout ce que j'apportons, c'est perfectionné! c'est y drôle, tout d' même, que je soyons venues toutes des quatre coins de la France pour exposer nos petites industries en Angleterre!

MARGOT. Che ne chai pas che que ch'est qu'une expogichion, mais che crois que ché beau.

BADINOT, *prenant le milieu.* Si c'est beau! l'exposition de Londres! le Palais de Cristal! c'est prodigieux ! et je vous en parle savamment... car je l'ai vu.

TOUS. Il l'a vu!

MONTGUIGNON, *avec un orgueil comique.* Oui, oui, il l'a vu.

BADINOT. Il y a huit jours à peine... Ah! mes chers compatriotes, quelle merveille !

Air : *Ne ralliez pas la garde citoy nne.*

Chaque industrie, exposant ses trophées,
Dans ce bazar du progrès général,
Semble avoir pris la baguette des fées
Pour enrichir le Palais de Cristal.
Honneur, honneur à la vieille Angleterre
Qui, dépouillant toute rivalité,
Aux inventeurs qu'elle craignait naguere,
Offre le toit de l'hospitalité !

Au monde entier si sa main tutélaire,
Ouvre un abri sous son vaste portail,
C'est que le monde aux luttes de la guerre
Fait succéder la lutte du travail.

Les travailleurs, soldats de l'industrie,
Fiers des succès qu'ils savent conquérir,
Ne chantent plus... « Mourons pour la patrie! »
Mais disent tous... « Vivons pour l'enrichir! »
Nul ne périt sur ce champ de bataille,
Une médaille est le prix du vainqueur ;
A l'atelier mériter la médaille...
C'est, au combat, gagner la croix d'honneur !
Riches, savants, artistes, prolétaires,
Chacun travaille au bien-être commun ;
Et, s'unissant comme de nobles frères,
Ils veulent tous le bonheur de chacun.
Courage donc! et travaillez sans cesse,
Vous que l'on voit ennoblir l'atelier !

Avant dix ans, les titres de noblesse
Seront peut-être un livret d'ouvrier !

TOUS.

Courage donc ! etc.

MONTGUIGNON. Ah ! Badinot, vous m'enthou-
siasmez !... je veux me procurer, fût-ce à prix
d'or, toutes les inventions nouvelles, sans comp-
ter l'invention de mon futur gendre qui m'appar-
tient de droit. (*Donnant la main à Badinot.*) Car
c'est vous, Badinot, qui aurez la grande médaille
d'or !

CRÉMAILLÈRE, *qui entre sur les derniers mots
de Montguignon.* Ah ! Monsieur est exposant ?

MONTGUIGNON. S'il est exposant ! Monsieur !
mais c'est le génie le plus inventif, le plus créa-
teur ! Pour vous donner une idée de ses prodiges,
je n'ai qu'à vous montrer mon costume.... Cette
redingote porte-manteau, avec des patères en
guise de boutons. On y accroche tout ce qu'on
veut.

CRÉMAILLÈRE, *mettant son chapeau sur un des
boutons.* Oui, on y accroche...

MONTGUIGNON, *montrant son chapeau.* Et ce chapeau en acajou qui est véritablement commode,
il y a deux tiroirs... et ce gilet en papier brouillard, et ce pantalon en amadou chimique pour allumer les cigares... Badinot, allumez le cigare infernal.

BADINOT. Oh ! c'est une bagatelle !

MONTGUIGNON. C'est égal, montrez à Monsieur.

BADINOT. Ce n'est pas plus difficile que ça. (*Il
frotte son cigare au pantalon de Montguignon.
Une explosion se fait entendre, et le cigare se
trouve allumé.*)

MONTGUIGNON. Voilà ! on n'a qu'à frotter son
beau-père et ça prend tout seul... Et ces bottes,
ces bottes élastiques en caoutchouc, imperméables
et rebondissantes !... Je n'aurais qu'à frapper
avec ma botte quelqu'un par derrière pour l'en-
voyer rebondir. Si quelqu'un en doute ?.. en dou-
tez-vous, Monsieur ?..

CRÉMAILLÈRE, *reculant.* Non... non !...

BADINOT. Bagatelle ! vous dis-je ; tout cela n'est
rien en comparaison de ma grande découverte
reçue et exposée au palais de l'Industrie.

LÉONORA, *qui vient de sortir de la douane, reconnaissant Badinot.* C'est lui !

CRÉMAILLÈRE. Qu'avez-vous donc découvert ?

BADINOT. Je ne le dis pas... c'est une surprise
que je ménage à mon beau-père.

LÉONORA, *à part.* Son beau-père ! le perfide !...
(*Elle reste au fond et l'observe.*)

MONTGUIGNON. Oui, Monsieur, c'est une surprise qu'il me ménage, je ne l'apprendrai qu'à
l'exposition et avec tout l'univers.

CRÉMAILLÈRE, *à Badinot.* Vous êtes bien heureux, vous, jeune homme, d'avoir été reçu, car le
jury m'a refusé... moi, Crémaillère !

BADINOT. Ah ! Monsieur se nomme ?...

CRÉMAILLÈRE. Crémaillère, oui, Monsieur... Crémaillère le Refusé !.. Et pourtant jamais invention
ne fut comparable à la mienne ! Par mon procédé,
je supprimais d'un seul coup les commissaires,
les agents et les gendarmes ; les voleurs seraient
venus se faire arrêter d'eux-mêmes.

TOUS. Bah !

CRÉMAILLÈRE, *montrant une petite mécanique.*
Et ça n'était pas plus compliqué que ça.

TOUS. Qu'est-ce donc ?

CRÉMAILLÈRE. Vous n'avez qu'à mettre dans
vos poches un de ces appareils pour qu'à l'instant il s'y attache en se dilatant ; et si un voleur met la main dans votre poche... crac. (*Il in-
troduit le doigt dans la mécanique, et l'on entend
le bruit d'un ressort qui joue fortement.*) Tout se
resserre à la fois, et sa main se trouve prise par la
poche elle-même... mais prise comme dans un
étau !

TOUS. C'est admirable !

CRÉMAILLÈRE. Vous pensez bien que je ne serai pas embarrassé pour mes expériences ; je me
promènerai tout simplement, la nuit, dans
Londres, et avec mes appareils je ferai plus de be-
sogne que toute la police anglaise.

TOUS, *remontant vers le fond.* C'est mer-
veilleux !

LÉONORA, *se cachant dans son manteau et s'approchant de Badinot.* Monsieur, il faut que je
vous parle.

BADINOT. A moi ?

LÉONORA. Oui. (*Elle remonte au fond.*)

BADINOT, *à lui-même, la regardant.* Quel est
ce jeune homme ?

PREMIER DOUANIER, *sortant de la douane.* Allons, Messieurs et Mesdames... venez reconnaître
vos bagages !... Tout le monde à la douane !

CHŒUR.

Air du *Marché de la Muette.*

Allons, allons, dépêchez donc,
Afin de savoir si Londou,
De nous charmer aura le don !
Faites place, dépêchez donc !
(*Tout le monde entre à la douane, excepté Badi-
not et Léonora.*)

SCÈNE VII.

LÉONORA, BADINOT.

BADINOT, *fumant son cigare.* Nous voilà seuls,
que me voulez-vous, Monsieur ?

LÉONORA, *écartant son manteau.* Regardez-
moi !...

BADINOT. Juste ciel ! vous ici !

LÉONORA. Vous ne m'attendiez pas... Monsieur !

BADINOT. Quelle imprudence !

LÉONORA. Vous trouvez ?

BADINOT. Léonora, pourquoi ce costume?.. que venez-vous faire à Londres ?

LÉONORA. Vous me le demandez !

BADINOT. Sans doute ?

LÉONORA. Quand vous allez vous marier !

BADINOT. Vous savez ?

LÉONORA. Je sais tout, et je viens tout empêcher !

BADINOT. Comment?

LÉONORA. Comment?.. je n'en sais rien, car pour m'enlever les preuves que j'avais contre vous, vous avez eu soin de me reprendre toutes vos lettres.

BADINOT. Moi !

LÉONORA. Oh ! ne faites pas l'étonné ! lorsqu'au moment de me mettre en voyage, j'ai voulu m'armer contre vous de ces lettres signées de votre nom, je me suis aperçue que vous me les aviez enlevées.

BADINOT, *à part.* Elle ne les a plus. (*Il se remet à fumer.*)

LÉONORA. Mais ça ne m'a pas arrêtée ; je suis partie. Est-ce que j'ai besoin de preuves pour faire du scandale !.. je dirai la vérité, je vous ferai connaître ! ah ! vive Dieu ! mon bon, vous avez donc oublié que je suis d'origine espagnole, que j'ai vécu chez les Turcs, chez les Arabes, chez les Italiens... et dans la rue Bréda... partout où la vengeance est comptée pour quelque chose.

BADINOT. Mais... Léonora...

LÉONORA, *avec force.* Taisez-vous ! et dans votre intérêt, suivez-moi !

BADINOT. Vous suivre ? où donc ?

LÉONORA. A Paris !

BADINOT, *se remettant à fumer.* Allons donc !

LÉONORA. Vous ne voulez pas ?

BADINOT. Vous êtes folle !

MINOTAURE, *qui vient d'entrer, une grande malle sur l'épaule et une pipe à la bouche.* Saperlotte ! elle est éteinte.

LÉONORA. Ah ! je suis folle... Eh bien !..

MINOTAURE, *voyant fumer Badinot.* Eh ! jeune homme !

LÉONORA, *qui s'est retournée en même temps que Badinot ; apercevant Minotaure.* Ciel ! (*Elle se sauve précipitamment par la droite.*)

MINOTAURE, *à Badinot qui est allé au-devant de lui.* Sans vous commander, voulez-vous me permettre d'allumer ma pipe à votre cigare?

BADINOT. Volontiers.

MINOTAURE, *quand sa pipe est allumée.* Merci, Monsieur.

BADINOT. Il n'y a pas de quoi. (*Se retournant.*) Eh bien ! où donc est-elle ?.. ma foi, profitons vite de son absence... Quelle rencontre ! mon Dieu ! heureusement qu'elle a perdu mes lettres. (*Il entre à la douane.*)

SCÈNE VIII.

PREMIER DOUANIER, MINOTAURE.

MINOTAURE, *qui est resté à faire prendre sa pipe.* Là... très-bien, la voilà qui marche toute seule !

PREMIER DOUANIER, *sortant de la douane et allant à Minotaure.* Monsieur, votre malle.

MINOTAURE. Plaît-il ?

PREMIER DOUANIER. Donnez-moi votre malle, que je la porte à la douane.

MINOTAURE. Je veux bien ! attrapez ! (*Il donne la malle au douanier qui, aidé d'un autre douanier, la laisse tomber ; les deux douaniers tombent en même temps, entraînés par le poids d'un gros rire.*) Eh ! eh ! eh ! eh !

PREMIER DOUANIER. Bigre ! vous êtes fort, vous !

MINOTAURE. C'est mon état. Jules Minotaure, hercule de profession ! je porte deux mille à bras tendu.

PREMIER DOUANIER. Peste ! est-ce qu'ils sont là-dedans, les deux mille ?

MINOTAURE. Oh ! pas tout à fait ; cent cinquante à deux cents kilos, voilà tout !

PREMIER DOUANIER, *ouvrant la malle et retirant un poids.*) Mais dites donc, c'est du fer français ça, faut que ce soit examiné.

MINOTAURE. Mais puisque c'est mes outils, puisque je travaille avec !

PREMIER DOUANIER. Vous direz vos raisons, mais il faut que je fasse mon devoir. (*A deux commissionnaires qui sont au fond.*) Aidez-moi, vous autres.

MINOTAURE, *les repoussant.* N' touchez pas à ça, ça mord. (*Il prend ses poids ; au douanier.*) Où faut-il aller comme ça ? (*Il a des poids à chaque main.*)

PREMIER DOUANIER. Là, à la douane !

MINOTAURE, *désignant la douane, le bras tendu.* Là ?.. c'est bon, on y va. (*Il sort avec ses poids.*)

PREMIER DOUANIER, *le regardant.* Il est fort cet homme-là ! (*Aux commissionnaires.*) Allons, vous autres, mettez cette malle à l'entrée... il y en a assez d'autres dans l'intérieur. (*Les commissionnaires déposent la malle à l'entrée de la douane, au premier plan, et rentrent dans la douane.*)

SCÈNE IX.

THÉOPHILE, *entrant vivement de droite.* Plus souvent que je l'attendrai, va ! A-t-on jamais vu, cette Palmyre, avec ses questions !.. Me retenir quand ma Juliette doit être arrivée... quand peut-être elle est là... (*Il montre la douane.*) Oh ! mon cœur bat, il bat comme à l'approche d'un grand bonheur !.. si je pouvais seulement la voir, que je serais heureux ! entrons, pour être tout à fait heureux. (*Il va pour entrer à la douane, à ce moment il en sort Minotaure ; ici commence un motif de valse.)*

SCÈNE X.

MINOTAURE, THÉOPHILE.

MINOTAURE, *s'arrêtant avec joie.* Que vois-je ?

THÉOPHILE, *commençant à danser sur lui-même.* Dieu ! oh ! ciel !

MINOTAURE, *faisant des grâces.* Monsieur Théophile Chevillard ?

THÉOPHILE. Je m'évanouis ! *(Théophile s'affaisse sur lui-même ; Minotaure le prend par l'épaule, le relève d'un bond, puis il presse de sa main droite la taille de Théophile, et tous deux sortent en valsant.)*

THÉOPHILE, *qui crie, tout en valsant.* Mais laissez-moi donc !.. mais qu'est-ce que je vous ai fait ! mais sacristi !

SCÈNE XI.

JULIETTE, *puis* PALMYRE.

JULIETTE, *sortant de la douane et parlant à la cantonade.* Non, papa, il fait trop chaud, je vais prendre un peu l'air. *(Regardant de tous côtés.)* Que fait donc, M. Théophile ! il devait se trouver à la douane, il me l'avait promis.

PALMYRE, *entrant de droite.* Eh bien ! il n'y est pas ! *(Appelant.)* Théophile ! monsieur Théophile Chevillard.

JULIETTE. Qu'entends-je ! une dame qui appelle... *(Allant à Palmyre.)* Madame...

PALMYRE. Mademoiselle ?

JULIETTE. Vous connaissez monsieur Théophile ?

PALMYRE. Sans doute... ah ! mais, est-ce que par hasard vous seriez mademoiselle Juliette ?

JULIETTE. Oui, Madame, mais comment savez-vous ?

PALMYRE. Par Théophile qui m'a tout appris ; je suis sa cousine.

JULIETTE. Sa cousine ?

PALMYRE. Estelle-Eugénie-Palmyre Passelacet, tenant la crinoline en gros et en détail... surtout en gros... en très-gros.

JULIETTE. Et votre cousin vous a parlé de moi ?

PALMYRE, *avec entraînement.* S'il m'en a parlé ?.. mais il en parle aux voyageurs, aux douaniers, aux commissionnaires, aux exposants, au Palais de Cristal, à l'univers tout entier !

JULIETTE. Oh ! quelle indiscrétion ! lui qui était si timide quand il me faisait la cour, par sa fenêtre !

PALMYRE. Quoi ! vous demeuriez vis-à-vis l'un de l'autre ?

JULIETTE. Il ne vous l'a pas dit ?

PALMYRE. A peine si je l'ai vu.

JULIETTE. Oh ! nous étions bien heureux dans ce temps-là.

Air de la Valse à deux temps.

De l'une à l'autre fenêtre,
Le télégraphe, des amours,
Sans bruit nous faisait connaître
Nos sentiments de tous les jours.
Sans aucun écrit, sans aucun discours,
Et sans danger pour nos amours,
Nous avions juré, *(bis.)* de nous adorer toujours.

Quand je prenais mon châle vite,
Il prenait son chapeau soudain ;
Une rose, une marguerite,
Devait lui dicter son chemin.

La marguerite des prairies
Que j'agitais devant ses yeux,
Voulait dire qu'aux Tuileries
Nous nous rencontrerions tous deux.

On s'idolâtre en silence,
Quand les fleurs traduisent les mots ..
Charmante correspondance !
L'été fleurissait nos signaux.
Sans aucun écrit, etc.

Mais un père trop tyrannique,
Un jour a brisé pour jamais,
Notre ligne télégraphique
En éparpillant nos bouquets.

Hélas ! depuis que sa présence
Ne vient plus réjouir mes yeux,
Seule, à ma fenêtre, je pense
A ces beaux jours où tous les deux,
De l'une à l'autre fenêtre, etc.

PALMYRE. Mais heureusement que votre Théophile est à Londres, et désormais ce sera moi qui vous servirai de télégraphe.

JULIETTE. Que vous êtes bonne !.. mais où est-il ?

PALMYRE. Il m'a quittée pour courir au-devant de vous, je le croyais ici.

JULIETTE. Oh ! mon Dieu, non, je le cherchais !

PALMYRE. Voyons à la douane.

JULIETTE. J'en sors.

PALMYRE. Il y a tant de monde ! *(Elles se dirigent vers la douane.)*

SCÈNE XII.

LES MÊMES, THÉOPHILE.

THÉOPHILE, *dans le plus grand désordre, les cheveux hérissés, il descend le théâtre sans voir personne, et comme ivre.* Où suis-je ? La Tamise tourne, le ciel tourne, tout tourne ! Ah ! tant pis ! je tourne aussi ! *(Il valse.)*

PALMYRE, *au moment de sortir, se retournant.*
Mais c'est lui !

JULIETTE, *de même.* Mais oui, vraiment. (*Elles vont à lui.*) Monsieur Théophile Chevillard ?

THÉOPHILE, *bondissant.* Hein ? quoi, encore !.. Juliette ! Dieu ! ça va bien, bonjour, moi aussi.

JULIETTE. Qu'avez-vous donc? vous avez l'air tout retourné.

THÉOPHILE, *à part.* On le serait à moins.

PALMYRE. Comme tu es pâle!

THÉOPHILE. Oui, les brouillards de la Tamise... j'ai le mal de mer !

PALMYRE. Que signifie?

MINOTAURE, *au dehors, à droite, chantant.*

J'ai longtemps parcouru le monde, etc.

THÉOPHILE. Ciel! c'est sa voix... sauvons-nous!

MONTGUIGNON, *dans la douane.* Mais venez donc, Badinot!

JULIETTE, *qui est remontée près de la douane.* Mon père qui vient de ce côté!

THÉOPHILE, *regardant à droite et à gauche.* Pris entre deux feux! Ah! cette malle. (*Il entre dans la malle de Minotaure.*)

JULIETTE. Que faites-vous?

THÉOPHILE. Juliette, si l'on me demande, vous direz que je n'y suis pas!.. fermez la porte. (*La malle se ferme.*)

SCÈNE XIII.

LES MÊMES, TOUS LES PERSONNAGES DE L'ACTE, *chargés de leurs bagages.*

CHŒUR.

Air : *C'est vraiment une horreur !* (Final du deuxième tableau d'Une semaine à Londres.)

Enlevons nos paquets,
Nos malles, nos effets,
Quel plaisir ! (*bis.*)
Nous allons partir!
Pouvoir quitter ces lieux
Ce n'est pas malheureux !

Je croyais! (*bis.*)
N'en sortir jamais!

MONTGUIGNON, *faisant passer sa fille près de Badinot.*

A vous seul je la recommande,
Et dans Londres entrons sans retard.

BÉNIN, *entrant avec Marianne et Lolo.*

Me faire payer quatre cents francs d'amende!
Oh ! satané moutard!
Tu me paî ras tout cela plus tard.
(*Il fait le geste de frapper Lolo, qui pleure.*)

MINOTAURE, *entrant de droite, au premier plan, à la cantonade.*

Attendez-moi!

THÉOPHILE, *entr'ouvrant le dessus de la malle.*

La voix de mon bourreau !
(*Il la referme.*)

CRÉMAILLÈRE.

Me voilà libre! à Londres je m'installe.

MINOTAURE.

Où les douaniers ont-ils fourré ma malle?..
Me faudra-t-il retourner au bureau !..
(*L'apercevant.*)
Ah! la voilà!..

(*Il la soulève.*)

LES VOYAGEURS, *aux commissionnaires qui veulent s'emparer des bagages.*

Mais laissez donc ma malle!

MINOTAURE, *mettant sa malle sur son épaule.*
Parlé. Tout est dedans, filons!

REPRISE DE L'ENSEMBLE.

Laissez donc mes effets,
Lâchez donc ces paquets!
Quel plaisir ! (*bis.*)
Nous allons partir !
Pouvoir quitter ces lieux,
Ce n'est pas malheureux !
Je croyais ! (*bis.*)
N'en sortir jamais!

(*Il se fait un grand mouvement; les commissionnaires se sont emparés des paquets et précèdent les voyageurs qui réclament en vain.*)

FIN DU PREMIER ACTE.

DEUXIÈME ACTE, DEUXIÈME TABLEAU.

PERSONNAGES.	ACTEURS.	PERSONNAGES.	ACTEURS.
MONTGUIGNON.	M. Nestor.	CANICHETTE.	Mmes Solange.
JULIETTE.	Mlle Mina Well.	MANETTE.	P. Legrand.
THÉOPHILE CHEVILLARD.	MM. Gil-Pérès.	MARGOT.	Bligny.
BADINOT.	Benjamin.	JEANNÉTON.	Antony.
JULES MINOTAURE.	Marchand.	MIRA.	Ariel.
CRÉMAILLÈRE.	Parade.	PICOTINE.	Delamarre.
UN VOLEUR.)		ISAURE.	Victorine.
UN ANGLAIS.)	Béraud.	PREMIER POLICEMAN.	MM. Mercier.
PALMYRE.	Mme Anatolie.	DEUXIÈME POLICEMAN.	Cogez.

Une rue de Londres, au fond, un mur; au milieu du mur, une grille donnant sur un jardin ; à gauche, au premier plan, un banc ; à droite, toujours au premier plan, une maison en réparation; il fait nuit.

SCÈNE PREMIÈRE.

UN POLICEMAN, MONTGUIGNON, PALMYRE, BADINOT, JULIETTE ; *puis successivement,* PICOTINE, ISAURE, CANICHETTE, MANETTE, MARGOT, JEANNÉTON, MIRA, *tous chargés de bagages, ensuite un* ANGLAIS.

LE POLICEMAN, *il entre de droite, suivi de Montguignon qui donne le bras à Palmyre, il s'arrête pour crier :* Half passed ten O'clock ! half passed ten O'clock ! « Dix heures et demie! dix heures et demie! *(On répète ce cri au dehors, le policeman va s'asseoir sur le banc où il ne tarde pas à s'endormir.)*

MONTGUIGNON. Savez-vous ce qu'ils baragouinent comme ça?

PALMYRE. Ne faites pas attention; ce sont les policemen qui annoncent aux Anglais l'heure qu'il est.

MONTGUIGNON. Ah! ils réveillent les Anglais pour leur apprendre l'heure qu'il est! eh bien! j'aime assez cela, moi, ça vous a un petit air moyen âge...

JULIETTE, *entrant avec Badinot qui lui donne le bras.* Mais avancez donc, Monsieur, vous voyez bien que mon père est à une lieue de nous!

BADINOT. Mais, Mademoiselle, nous avons de la société qui nous suit, de pauvres jeunes dames, comme nous sur le pavé de Londres, à cette heure avancée de la nuit.

PICOTINE, *avec dépit, entrant.* Pas une chambre à l'hôtel d'York !

ISAURE, *de même.* Pas une mansarde à l'hôtel Buckingham!

CANICHETTE, *de même.* Pas un trou à l'hôtel Spencer !

MANETTE, *qui entre avec le reste des exposantes.* Allais! allais, marchais, nous allons couchais à la belle étoile.

MARGOT. La belle étoile! c'hest-y une auberge, cha?

JEANNÉTON. Oui, oui, une grande auberge où je tiendrons, *teurtous!*

MIRA. Et où nous n'aurons rien à payer.

CANICHETTE. Rien à payer en Angleterre! ça n'est pas sûr.

MONTGUIGNON. Comment! est-ce que l'Angleterre, que je trouve si intéressante, serait intéressée?

PALMYRE. Si elle est intéressée !

Air : *Pas des bateliers* (Filleule des fées.)

Chez les Anglais,
Oui, l'argent seul trouve accès ;
Là, rien jamais
Ne se donne
A personne.
L'Anglais, par goût,
Cherche à gagner beaucoup ;
Presque sur tout
On le voit spéculer partout.
TOUS.
Chez les Anglais,
Oui, l'argent, etc.
PALMYRE.
Sur l'hôtel que l'hôtelier garde,
En gros il placarde :
« Pas une mansarde!
« Et l'on ne pourra, si l'on tarde,
« Même à prix d'or
« Avoir un corridor! »
Demandez-vous votre chemin,
Vous devez, n'est-ce pas unique ?
Payer celui qui vous l'indique...
Ici chacun vous tend la main !
Tout s'y vend,
Et l'Anglais, souvent.
Sans être fâché,
Vend même sa femme au marché!
TOUTES LES FEMMES. *Parlé.* Quelle horreur!
ENSEMBLE.
Chez les Anglais;
Oui, l'argent seul trouve accès,
Là, rien jamais

Ne se donne
A personne ;
L'Anglais, par goût,
Cherche à gagner beaucoup ;
Presque sur tout
On le voit spéculer partout.

BADINOT, *à gauche, sur le devant.* Elle a perdu ma trace... peut-être a-t-elle quitté Londres... si je pouvais en être délivré !

JULIETTE, *au milieu, près de Palmyre.* Et Théophile qui devait nous suivre, et que je n'aperçois pas !..

PALMYRE. En effet, je ne sais ce qu'il est devenu.

MONTGUIGNON, C'est qu'il n'y a pas à dire ! à toutes les portes d'hôtel où j'ai frappé, on m'a répondu comme dans les omnibus : Complet ! et cependant mes jambes me refusent le service !

CANICHETTE. Depuis notre sortie de la douane, nous sommes perdues dans les rues de Londres.

PALMYRE. Ce quartier est d'une solitude !

JULIETTE. Je meurs de lassitude !

BADINOT, *à part.* Et moi d'inquiétude !

MONTGUIGNON. Que de vicissitudes !.. mais, sacristi ! s'il n'y a de place nulle part, il faudra donc que les exposants soient exposés à coucher dans la rue ?

MARGOT, *au fond.* Tiens, un jardin avec une grille... che vas chouna... (*Elle sonne.*)

MONTGUIGNON. C'est ça, chounais ! allons, voilà qu'elle me fait parler charabia.

PICOTINE. Au fait, c'est peut-être une auberge.

JEANNETON. On ne vient pas vite ; sonnez plus fort ! (*Margot ressonne plus fort. On entend une voix d'Anglais. Wat the devil is the matter ?.. wat doyou want?*) « Que diable y a-t-il ? que voulez-vous ? » (*L'Anglais paraît à la grille, un bougeoir à la main.*)

MONTGUIGNON, *à l'Anglais.* Pardon, Monsieur, nous sommes des étrangers, des Français, perdus dans Londres... et connaissant l'hospitalité écossaise, nous avons pensé...

L'ANGLAIS. Ah !.. yès vos été des Françoises... je connaissai, je, aimé beaucoup, beaucoup le languo à vos... mais pas le nuit, pas (*S'animant.*) at this hour of the night ! (*Avec une fureur croissante.*) yon ave perhaps a set of robbers... Be quick, cut your stick, and go to the devil or else I'll call the police. « à cette heure de la nuit ! Vous êtes peut-être une bande de voleurs... restez tranquilles, filez et allez au diable, ou bien... je vais appeler la police. » (*Il leur souffle son bougeoir au nez, et s'en va en grommelant.*)

MINA. Eh bien il est gentil ce monsieur !

MONTGUIGNON. Savez-vous ce qu'il m'a dit, Badinot ?

BADINOT. Non ; mais il est clair qu'il nous laisse la porte !

MONTGUIGNON, *montrant le policeman assis sur son banc.* Je vais parler au policeman, moi.

MARGOT. Ah ! c'hest cha... parlez au policheman.

MONTGUIGNON, *au policeman.* Pardon, Monsieur, pourriez-vous nous indiquer un hôtel pas trop loin, pas trop cher, pas trop mauvais et pas trop plein ?

LE POLICEMAN, *se réveillant, sans bouger.* I do not undesrland french ! « Je ne comprends pas le français ! »

MONTGUIGNON. Ah ! pardon, je n'ai pas parfaitement compris...

LE POLICEMAN, *même jeu.* I do not understand french ! « Je ne comprends pas le français ! »

MONTGUIGNON. Ah ! oui ! très-bien ; il me dit de lui parler anglais. (*Baragouinant.*) Pòvez-vous dire à moâ, où je tròverai un petit hôtel pour loger nos ?

LE POLICEMAN, *impatienté.* I do not understand french ! ! (*Entre les dents.*) Damn you ! (*Il se rendort.*) « Je ne comprends pas le français !.. Soyez damné...

JULIETTE. Mais papa, ce monsieur ne te comprend pas.

MONTGUIGNON. Parbleu ! je comprends bien, qu'il ne me comprend pas. Mais c'est très-désagréable ! ne pouvoir nous loger ! encore, si je pouvais admirer cette métropole ! mais non, il fait noir comme dans une bouteille de cirage anglais.

Air de *La France* (dans la Foire aux idées).

Londres est sous un vaste abat-jour !
Ah ! que je voudrais qu'il fît jour,
Afin d'aller dire bonjour
Aux merveilles de ce séjour !
Je veux visiter *Regents-Parck*,
Hyde-Parck, *Victoria-Parck*,
Et me moquer de *Parck* en *Parck*.
De la Parque dans ces trois *Parck*.

J'irai pleurer à *Westminster* (Prononcez : Westmin-
Sur le tombeau de *Leicester* ; (Leicestrrre.)   [strrre.)
Puis, j'irai vite à *Manchester* (Manchestrrre.)
Pour m'y régaler de *Chester*. (Chestrrre.)
Pour moi quel moment solennel,
Et quel souvenir éternel,
Quand j'irai voir *monsieur Brunel*,
L'inventeur du fameux *tunel* !
Je veux visiter *Wite-Hall*,
Saint-James, le *Strand* et *Guild'hald*,
Saint-Paul, *Drurylann* et *Pal-Mall*,
Holborn, *Newgate* et le *Vaux-Hall*.

Je veux visiter *Birmingham*,
Rendre une visite à *Bedlam*,
Puis aller avec *Buckingham*,
Chez l'inventeur du *Mac-Adam* !

Pour dire tout,
Ce qui, surtout,
Dans ce pays me plaît beaucoup,
C'est qu'on ne peut rien annoncer,

Rien prononcer,
Sans grimacer.

TOUS.

Pour dire tout, etc.

MONTGUIGNON. Ah ! ma foi, tant pis ! je suis rompu de fatigue, et puisque je n'ai pas d'autre hôtel, je m'installe ici. (*Il va à droite sur le devant et s'assied sur sa petite malle.*) « Honni soit qui mal y pense ! » C'est la devise de l'Angleterre.

JEANNETON. Ah ! ma foi, tant pis, j'm'assis aussi !

TOUTES. Et moi aussi. (*Elles s'asseyent sur leurs bagages.*)

PALMYRE, *à Juliette en remontant vers le fond.* Venez, nous parlerons de lui.

JULIETTE, *s'asseyant à côté de Palmyre.* Il ne vient pas !...

MIRA. En v'là un logement !

PICOTINE. Oh ! hospitalité britannique !

BADINOT, *qui est resté debout, à gauche.* Mais c'est que je n'ai qu'un sac, moi, et je ne sais comment...

MONTGUIGNON. Comment ! vous êtes embarrassé, vous un si grand mécanicien ?

BADINOT, *allant à Montguignon.* Attendez... levez-vous... (*Montguignon se lève, il prend sa place.*)

MONTGUIGNON. Est-ce que vous n'auriez trouvé que le moyen de prendre ma place ?

BADINOT, *prenant une planche à droite, près de la maison en réparation et la posant sur la malle.* Non : mais avec cette planche nous ferons part à deux.

MONTGUIGNON. Oh ! grand mécanicien, va ! (*Tous deux prennent place, l'un à un bout de la planche, l'autre à l'autre bout.*)

BADINOT. Eh bien ! beau-père, êtes-vous content de votre place ?

MONTGUIGNON, *que le poids de Badinot soulève ou abaisse.* Diable ! mais ça n'est pas une place inamovible !

Air : *Qu'il est flatteur d'épouser celle.*

Cela ne fait pas trop mon compte,
A cause des balancements ;
Lorsque vous descendez, je monte,
Et vous montez quand je descends.

BADINOT.

C'est comm' dans les gouvernements ;
Il est, dans l'emploi qu'on pourchasse,
Difficile d'être classé,
Quand on est deux pour une place, (*bis.*)
On risque d'être balancé. (*bis.*)   (*bis.*)

(*Pendant le couplet, ils ont imprimé à la planche, qui leur sert de siège, des mouvements de haut et de bas successifs.*)

MONTGUIGNON. Badinot, vous êtes plein d'esprit !

SCÈNE II.

LES MÊMES, JULES MINOTAURE, *portant sa malle, et fumant,* THÉOPHILE, *dans la malle.*

MINOTAURE, *entre de droite et s'arrête au fond, au milieu.* Que vois-je ! une halte de voyageurs !

MONTGUIGNON. Si monsieur veut faire comme nous ?..

MINOTAURE, *déposant sa malle.* Volontiers ! Tel que vous me voyez, je cherche une auberge, un bouchon, n'importe quoi, pour passer la nuit... (*Gaiement.*) Mais je vois qu'il n'y a de place que sur la place publique.

MONTGUIGNON. Nous en savons quelque chose.

PICOTINE. Après tout c'est meilleur marché.

MARGOT, *riant d'un gros rire.* Et il y a de la place pour tout le monde, Monchieur.

MANETTE. Donnez-vous donc la peine de vous asseoir.

MINOTAURE. Je le veux bien, non pas que je sois fatigué... cette malle ne pèse presque rien... mais j'aime assez à respirer l'air embaumé du soir.

MONTGUIGNON. Eh bien ! respirez, Monsieur, respirez comme nous respirons.

THÉOPHILE, *soulevant le couvercle de la malle.* Je ne respire plus... si je pouvais un instant...

MINOTAURE, *parlant de sa pipe.* Allons ! bon ! la voilà qui s'éteint encore !

BADINOT, *se levant.* C'est du feu que vous demandez, Monsieur ?..

MONTGUIGNON, *tombant avec la planche.* Ah ! sapristi ! que c'est bête ! ♦

BADINOT. Ah ! pardon, je ne pensais plus...

MONTGUIGNON. Ça ne fait rien, au contraire, je suis mieux ainsi... et je reste là.

MINOTAURE, *à Badinot.* Vous me proposiez du feu, est-ce que vous en avez, jeune homme ?

MONTGUIGNON, *se levant.* Du feu ! nous en avons toujours... allumez, Badinot, allumez le cigare infernal.

MINOTAURE. Jeune homme, vous êtes ma providence.

THÉOPHILE. J'étouffe ! si j'osais filer...

MINOTAURE, *voyant Badinot allumer son cigare comme au premier acte.* Tiens ! en voilà une drôle de manière d'allumer son cigarre !

MONTGUIGNON. N'est-ce pas ? (*Ils se mettent à rire. Badinot et Minotaure se replacent dans la position de deux fumeurs qui se donnent du feu.*)

THÉOPHILE, *parlant de Minotaure.* Il rit, le tigre !.. il ose rire !.. mais pendant qu'il est occupé, si j'essayais...

PALMYRE, *qui se trouve assise près de Juliette, et tout à côté de la malle.* Que vois-je ? Regardez !

JULIETTE, *le reconnaissant.* Théophile !

THÉOPHILE, *l'apercevant.* Juliette !

JULIETTE, *bas.* Eh quoi ! vous nous suiviez ?

THÉOPHILE. Oui, silence, amour et mystère !

MINOTAURE, *qui a allumé sa pipe, fredonnant.*

> J'ai longtemps parcouru le monde,
> Et l'on m'a vu de toutes parts,
> Courtisant la brune et la blonde ;
> De l'amour courir les hasards...

JULIETTE, *pendant le chant de Minotaure.* Mais ce monsieur est donc dans votre confidence?..

THÉOPHILE. Non... mais je suis dans sa malle. Ne lui dites rien, je veille sur... (*A ce moment, Minotaure, qui a regagné sa malle en terminant sa chanson, s'assied sur le couvercle, qui se referme avec bruit.*)

JULIETTE, *à part.* Oh ! mon Dieu !.. mais il va l'étouffer... (*Haut, et se levant.*) Mon père, j'ai froid : je voudrais marcher.

TOUTES, *se levant.* Et moi aussi.

MONTGUIGNON, *sans se lever.* Ah ! vous voudriez marcher... eh bien ! marchez, mes enfants ; moi, je reste ici ; je m'y trouve très-bien.

PALMYRE. Mais, monsieur Montguignon...

MONTGUIGNON. Non, vrai... je suis trop fatigué. Mais, si vous trouvez un hôtel, vous viendrez me prévenir... Badinot, prenez le bras de ma fille.

BADINOT. Comment ! vous voulez rester seul dans la rue, la nuit?..

MONTGUIGNON. Seul !.. Et les policemen, donc?

Air : *Les deux ânes.*

> Ne sait-on pas qu'à Londres
> De vigilants,
> Agents
> Toujours doivent répondre,
> De tous les braves gens !...
> Retirez-vous donc sans effroi,
> La police veille sur moi.
>
> TOUS.
> Oui, partons !
>
> BADINOT.
> Votre bras, Mademoiselle !
>
> MINOTAURE.
> Nous partons?
> En ce cas, déménageons !...

(*Il charge sa malle sur son épaule. Juliette jette un cri.*)

> TOUS.
> Pourquoi ce cri-là?
>
> BADINOT.
> Dites, qu'avez-vous ?
>
> MONTGUIGNON.
> Qu'a-t-elle ?
>
> PALMYRE.
> C'est pour son papa,
> Qu'elle tremble comme ça.
>
> BADINOT.
> Vraiment !...
>
> MONTGUIGNON.
> Enfant!

JULIETTE, *regardant la malle.*
> Voilà du dévoûment !
>
> ENSEMBLE.
> Allons, cherchons,
> Un asile
> Tranquille,
> Nous trouverons
> L'abri que nous cherchons.
> Allons !
> Partons !
> Oui, partons et cherchons. (*bis.*)
> Un hôtel où nous logerons. (*bis.*)

(*Tous sortent, moins Montguignon et le Policeman.*)

SCÈNE III.

MONTGUIGNON, LE POLICEMAN, puis UN VOLEUR.

MONTGUIGNON, *se vautrant avec délices au milieu de ses bagages.* Dire qu'on avait eu l'idée d'instituer des policemen à Paris!.. C'était une excellente idée... mais on s'est bien gardé de la suivre...

UN VOLEUR, *entrant par la gauche, et regardant de tous côtés. No body !.. if j dared ?.. After all, why not ?..* « Personne !.. si j'osais?.. Après tout, pourquoi pas?..

MONTGUIGNON. Quoi pourtant de plus utile que ces défenseurs de l'opprimé?.. que ces gardiens fidèles de la sécurité publique?..

LE VOLEUR, *après s'être assuré que le policeman est bien endormi. Now, then quickly.* « Maintenant, dépêchons-nous. »

MONTGUIGNON. O ! Londres !.. Londres !.. ville hospitalière... capitale des honnêtes gens... asile de la vertu...

LE VOLEUR, *se jetant sur Montguignon. Your purse or you are a dead man.* « Votre bourse, ou vous êtes un homme mort!.. »

MONTGUIGNON. Hein !.. Plaît-il?..

LE VOLEUR. *Out with your watch.* (*Il lui désigne sa montre.*) « Tirez votre montre. »

MONTGUIGNON. Ma montre?..

LE VOLEUR. *Yes your watch.* « Oui, votre montre. »

MONTGUIGNON. Ah! c'est l'heure que vous voulez savoir?.. Il est... Eh bien ! laissez donc... il est... il est... (*Le voleur prend la montre.*) Ah ! mais... il est... un voleur!.. Ah! mon Dieu! il me détrousse !

LE VOLEUR. *I thank you... and your purse... Make haste and be damned to you.* « Je vous remercie... et votre bourse... Dépêchez-vous et soyez damné. »

MONTGUIGNON, *voulant crier.* Policeman!..

LE VOLEUR, *le menaçant. Not a word... or j'll*

knock you down !.. « Pas un mot... ou je vous
étale !.. »

MONTGUIGNON, *d'une voix étouffée.* Policeman.

LE VOLEUR, *il continue à le dévaliser. Damn you'
hold your jaw !..* « Soyez damné ! serrez votre
mâchoire !..

MONTGUIGNON, *se laissant dévaliser.* Ah ! mon
Dieu ! mon Dieu !.. ma bourse, et mon portefeuille
aussi... Et le policeman qui ne vient pas...

LE VOLEUR, *lui faisant signe de fermer les yeux
et de se retourner. Now, shut your eyes, and then
turn yourself round.* « Maintenant, fermez vos
yeux... et à présent tournez-vous. »

MONTGUIGNON. Je crois qu'il me dit de fermer
les yeux.

LE VOLEUR, *le retournant avec force. Come,
make haste !* (*Il se sauve par la droite, en emportant, en plus, un sac de nuit.*) « Allons, vite !»

MONTGUIGNON, *couché à plat ventre.* J'obéis,
j'obéis... Ah ! mon Dieu, mon Dieu, quelle aventure !.. (*Après un silence, levant la tête avec
crainte.*) Je n'entends plus rien... s'il était parti ?
Voyons... (*Se levant, et criant.*) Au voleur ! au
voleur !.. Ah ! le gueux ! le filou... (*Allant au policeman.*) Policeman !.. Il dort, le crétin. (*Le tirant par son habit.*) Policeman, on vient de me
voler...

LE POLICEMAN, *avec un grand sang-froid. I do
not understand french.* « Je ne comprends pas le
français. »

MONTGUIGNON. Un atroce brigand, ici même,
prendre à moâ bourse, portefeuille et montre.....
Mon montre...

LE POLICEMAN. *I do not understand french.* «Je
ne comprends pas. »

MONTGUIGNON. Mais, moi pas comprendre... (*A
part.*) Allons, voilà que je lui parle nègre. (*Criant.*)
Ici, un filou, un brigand, voler moâ...

LE POLICEMAN, *se levant. Oh! you tire me,
and i shall have you taken up.* (*Il agite sa crécelle.*) « Oh! vous m'ennuyez, et je vais vous faire
arrêter. »

SCÈNE IV.

LES MÊMES, DEUX POLICEMAN, *arrivant, l'un
de droite, l'autre de gauche. Au bruit de la
première crécelle, les deux autres ont agité la
leur.*

LE POLICEMAN, *qui est entré de droite. What is
there ?* « Qu'est-ce que c'est que ça ?.. »

PREMIER POLICEMAN, *aux autres, leur désignant Montguignon. It is that gentleman who
disturbs public tranquillity.* « C'est ce gentil-
homme qui trouble le repos public. »

MONTGUIGNON. Non... il vous raconte mal ça...
Figurez-vous...

DEUXIÈME POLICEMAN, *à Montguignon. Come
besore the constable.* « Venez devant le constable. » (*Il l'entraîne avec les autres.*) *Walk on !*
« Marchez !.. »

MONTGUIGNON, *entraîné par eux.* Eh bien! mais
non... ce n'est pas ça... Au secours !.. Ah! gredins !.. A moi !.. Canailles !.. (*Ils sortent par la
droite, avec Montguignon, qui se débat toujours.*)

SCÈNE V.

CRÉMAILLÈRE, *puis* LE MÊME VOLEUR.

CRÉMAILLÈRE, *accourant par la gauche, et regardant à droite.* Qu'est-ce donc ?.. Un homme
qu'on arrête !.. un voleur peut-être ?.. C'est comme
un fait exprès !.. je n'aurais pas eu le bonheur de
le rencontrer avant la police. Depuis qu'il fait
nuit, je parcours les plus affreux quartiers de la
ville, en faisant sonner l'argent dans ma poche.
(*Il fait sonner ses poches de derrière.*)

LE VOLEUR, *rentrant en scène par la gauche. Ho !
there is tin !* « Oh! il y a de l'étain... du quibus. »

CRÉMAILLÈRE, *avec dépit, sur le devant de la
scène, à gauche.* Et pas un filou ne se laisse
prendre à l'hameçon !.. Décidément, je n'aurai
pas le moindre succès à Londres.

LE VOLEUR, *il a été ramasser le reste des effets
de Montguignon, puis, s'avançant à pas de loup,
il fouille dans la poche de Crémaillère, le bruit
du ressort se fait entendre et sa main s'y trouve
prise.* (*A lui-même.*) *Well ! What the devil is the
matter ?..* « Bien ! Que diable est-ce ? »

CRÉMAILLÈRE, *avec jubilation, sans se retourner.*
Oh! je crois que j'en tiens un...

LE VOLEUR. *For god's sake ! Do let me go, sir.*
« Pour l'amour de Dieu !.. Laissez-moi aller, Monsieur. »

CRÉMAILLÈRE. Il me dit des injures !.. (*Au voleur.*) Il n'y a ici de LAID NIGAUD que toi, entends-
tu !.. Tu marcheras, mon gaillard...

LE VOLEUR, *furieux. I say, do let me go, sir.*
« Je dis, laissez-moi aller, Monsieur. »

CRÉMAILLÈRE. Encore !.. (*Il présente au voleur
épouvanté le canon d'un pistolet.*) Là, là, tout
doux... Ne faisons pas le méchant, et suivons
papa... (*L'entraînant.*) Là, très-bien... Ah ! le
beau garçon !.. Emboîtons le pas... (*A lui-même.*)
Et d'un !..

LE VOLEUR, *vociférant tout en le suivant. Ras-
calion !.. Sir, why do you take my hand ?.. Sir,
if you please, take care, it is my hand.. Oh ! stu-
pid follow !.. rascal !.. blackguard !..*
« Malotru !.. Monsieur, pourquoi prenez-vous ma
main ?.. Monsieur, s'il vous plaît, prenez garde,
c'est ma main... Oh ! imbécile !.. canaille ! gredin !
(*Ils sortent par la droite. — Rideau.*)

FIN DU DEUXIÈME ACTE.

TROISIÈME ACTE, TROISIÈME TABLEAU.

La tour d'Ugolin.

PERSONNAGES.	ACTEURS.	PERSONNAGES.	ACTEURS.
BÉNIN.	M. Dubois	MANETTE.	Mmes P. Legrand.
LOLO.	Le petit Eugène.	MARGOT.	Bligny.
JULIETTE.	Mlle Mina Well.	JEANNÉTON	Antony.
THÉOPHILE CHEVILLARD.	MM. Gil-Pérès.	MIRA	Ariel.
BADINOT.	Benjamin.	PICOTINE	Delamarre.
JULES MINOTAURE	Marchand.	ISAURE.	Victorine.
PALMYRE.	Mmes Anatolie.	UN TAVERNIER	M. Vissot.
CANICHETTE.	Solange.	Garçons de taverne, Voyageurs.	

La grande salle d'une taverne à Londres.

SCÈNE PREMIÈRE.

PALMYRE, JULIETTE, BÉNIN, LOLO, *sont assis sur le devant à gauche ; du même côté un peu au-dessus, sont* CANICHETTE, PICOTINE, ISAURE, MARIANNE ; *de l'autre côté, sur le devant,* MANETTE, MARGOT, JEANNÉTON, MIRA ; *le fond est garni de voyageurs et de voyageuses. Tous sont assis et frappent à coup de canne ou de manches de couteaux sur les tables, en chantant sur l'air des lampions.*

TOUS.
On viendra (*ter.*)
On n' viendra pas !

BADINOT, *criant.* Garçon !

PALMYRE, *de même.* La fille !

BÉNIN, *de même.* Mon fricandeau !

PALMYRE, *de même.* Ma côtelette !

BÉNIN, *de même.* Sapristi ! me servira-t-on, à la fin !

MARGOT. A la faim, ch'est le mot, chai mon estomac qui se fâcha.

PICOTINE, *criant.* Holà ; quelqu'un !

BÉNIN, *furieux.* Mais nous ne sommes pas à Londres, nous sommes dans la tour d'Ugolin ! Si l'on ne m'apporte pas mon fricandeau, je mange un voyageur !

LES HOMMES. Garçon !

LES FEMMES, La fille !

REPRISE.

On viendra (*ter.*)
On n' viendra pas !

SCÈNE II.

LES MÊMES, LE TAVERNIER.

LE TAVERNIER, *entrant du fond.* Mais silence donc, Messieurs, silence !

BADINOT, *allant à lui.* Comment, silence, de-puis une heure que j'attends un rotsbeaf aux pommes !.. et en Angleterre encore !

TOUS. A manger ! nous voulons à manger ! à manger ou la mort !

TOUS.
On mang'ra (*ter.*)
On n' mang'ra pas.

LE TAVERNIER. Au nom du ciel, Messieurs et Mesdames, faites la part des circonstances, Londres est encombré, nos maisons sont au pillage... (*Mouvement général.*) Cependant, calmez-vous, vous allez être servis.

TOUS. Ah !

LE TAVERNIER. Nous avons fait cuire tout ce qui nous restait.

TOUS. Ah !

LE TAVERNIER. Et quant aux nouveaux voyageurs qui pourraient nous arriver, j'ai fait garder la porte de ma taverne par une escouade de policemen.

TOUS. Bravo !

JULIETTE, *à Palmyre.* Ah ! mon Dieu ! et mon père et Théophile !.. que sont-il devenus ?

PALMYRE. Je croyais que ce monsieur nous suivait avec sa malle, et pas du tout.

LE TAVERNIER. Prenez tous place ; je vais vous faire servir.

TOUS. Bravissimo ! (*Grand bruit au dehors.*) Qu'est-ce encore ?

JULIETTE, *à Palmyre.* Mon père et Théophile peut-être...

LE TAVERNIER, *qui s'est mis à la fenêtre.* Ah ! mon Dieu !

TOUS. Quoi donc ?

LE TAVERNIER. On assiége ma taverne !

BÉNIN. Un assaut ?

BADINOT. Faisons des barricades !...

LE TAVERNIER, *toujours à la fenêtre.* Les policemen sont repoussés. (*Nouveaux coups au dehors.*) On enfonce la porte !

TOUS. Des barricades !

CHŒUR.

Air des Chaises brisées.

Amis, serrons-nous bien,
Pour ne pas nous serrer le ventre !
Et que personne n'entre
Manger notre bien !

BADINOT.

Faisons des barricades !..
Enfermons-nous ici !..

BÉNIN.

Courage, camarades !..
Personne n'entrera...

MINOTAURE, *enfonçant la porte avec sa malle.*
Si !..

SCÈNE III.

LES MÊMES, MINOTAURE, FOULE DE VOYAGEURS.
LES NOUVEAUX VENUS.

CHŒUR.

La victoire est à nous ! (*bis.*)
Donnez-nous à manger,
Où nous vous dévorons ! (*bis.*)

MINOTAURE. J'ai enfoncé la porte avec ma malle.
(*Il jette sa malle dans le coin à droite.*)

JULIETTE, *qui l'a entendu et qui le voit jeter la malle.* Ah ! mon Dieu !

LE TAVERNIER. Mais, Messieurs, il ne nous reste rien, nos fourneaux sont froids, nous n'avons plus un os à ronger.

LES GARÇONS, *entrant de droite chargés de plats.* Voici des vivres !

TOUS, *s'arrachant les plats.* Des vivres ! à moi, à moi !

Air : **Fernand-Cortès.**

C'est moi, c'est moi, c'est moi !
Qu'il faut servir bien vite !..
Lorsque la faim m'irrite,
Lâche... ou prends garde à toi !

BADINOT.

A moi cette volaille !

BÉNIN, *sur le devant, à Minotaure.*
Vite, à moi ce rotsbeaf !
Lâcheras-tu, canaille ! .

MINOTAURE.

Plutôt le manger vif !..

REPRISE.

C'est moi, etc.

(*Pendant cette reprise, on s'est disputé les plats, on s'est arraché les mets, on a brisé ou gaspillé tout, de façon que plats et comestibles, tout est par terre.*)

LE TAVERNIER. Là ! vous voilà bien avancés ! plus rien !

TOUS, *regardant les débris, avec un sombre désespoir.* Plus rien !

BADINOT.

Air des Hussards de Felsheim.

C'est l'image de la vie,
Chacun voulait usurper...
Et, nous allons, par envie,
Tous, nous coucher sans souper.

BÉNIN.

L'Ugolin du Dante avale
Ses enfants, comme du veau ;
Si j'écoutais ma fringale,
Je crois que j'mang'rais Lolo.

(*Lolo fait le mouvement de s'enfuir.*)

TOUS.

C'est l'image de la vie, etc.

BADINOT.

Air : **C'est moi, etc.**

Non, nous ne devons pas
Endurer la famine,
Courons à la cuisine,
Visitons tous les plats.

BÉNIN.

Visitons la cassine
Des caves aux greniers !

MINOTAURE.

A défaut de cuisine,
Mangeons les cuisiniers !

TOUS.

Non, nous ne devons pas, etc.

(*Tout le monde sort en tumulte par la droite. Restent en scène : Juliette, Palmyre, Théophile, dans la malle.*)

SCÈNE IV.

JULIETTE, PALMYRE, *puis* THÉOPHILE.

PALMYRE. Les voilà partis !

JULIETTE. Ah ! je suis plus morte que vive !

PALMYRE. Devant eux, je n'ai pas osé... mais à présent, dépêchons...

JULIETTE. Je tremble...

PALMYRE, *allant à la malle.* Ouvrons cette malle...

JULIETTE. Ah ! s'il est encore dedans, il ne doit pas être au complet !

PALMYRE, *qui a ouvert la malle.* Si ! il est encore au complet, mais il ne bouge pas.

JULIETTE. Ah ! mon Dieu ! mon Dieu ! (*Théophile éternue.*)

PALMYRE. Il éternue ! c'est qu'il respire encore.

JULIETTE. Vous croyez ?

PALMYRE. Théophile, mon cousin !

JULIETTE. Mon petit Théophile, répondez-nous !

PALMYRE. Réponds-moi.

THÉOPHILE, *relevant la tête.* Où suis-je ?

JULIETTE. Près de votre cousine.

PALMYRE. Près de ta Juliette.

THÉOPHILE. Juliette ! Palmyre !... est-ce que

c'est vous qui m'avez donné de grands coups sur
la tête ?

JULIETTE. Nous, par exemple !

PALMYRE. Non, c'est ce monsieur qui te portait,
il a enfoncé la porte avec sa malle, et comme tu
étais dedans...

THÉOPHILE. Ah ! je comprends... je me rap-
pelle... il a été même un instant où j'ai eu la tête
en bas... C'était fort désagréable. (*Sortant de la
malle avec effroi.*) Mais alors je suis dans la ca-
verne de l'ogre ? Je suis le petit Poucet et vous
êtes mes frères !... (*Embrassant Juliette.*) Mes
frères, embrassons-nous pour la dernière fois !...

JULIETTE, *le repoussant.* Mais finissez donc !..
Ah ! mon Dieu ! il est fou !

PALMYRE. Théophile, vous êtes toqué, mon ami ;
vous êtes ici dans une taverne où nous mourons
de faim.

THÉOPHILE. Taverne !... est-ce taverne ou ca-
verne ?

PALMYRE. C'est taverne.

THÉOPHILE. Je suis dans une taverne ! (*Courant
au fond.*) Holà ! garçon ! quatre beafsteacks aux
pommes ! quatre gigots et huit omelettes !

JULIETTE. Vous n'êtes donc plus malade ?

THÉOPHILE, *qui a redescendu la scène.* Si fait !..
je suis malade... de faim... si vous croyez que
l'exercice que j'ai fait ne creuse pas ?

PALMYRE. Mais il n'y a plus rien, on a tout dé-
voré...

THÉOPHILE. La cuisine doit avoir des mystères
connus seulement des marmitons ; si je pouvais...
Ah ! ce bonnet et ce tablier !... (*Il ramasse un
bonnet de coton et un tablier perdus dans la
mêlée.*)

Air : *Qu'il est flatteur d'épouser celle.*

Ne craignez rien, Mesdemoiselles,
L'amour doit être restauré.
Je vais me servir de ses ailes...
Cristi ! je suis courbaturé !

(*Parlant de Minotaure.*)

Mais il n'est plus là, je respire...

(*Aux jeunes filles.*)

Vers un délicieux régal
L'amour saura bien me conduire...

(*Il sort précipitamment par la droite et se jette
dans Minotaure qui entre du même côté ; mais
Théophile sort sans le voir, en achevant le
couplet.*)

Mais, prenez donc garde, animal !

MINOTAURE, *reprenant la fin du couplet.*

Qui m'ose appeler animal ?

JULIETTE. Dieu ! l'homme à la malle !

PALMYRE. Sauvons-nous ! (*Elles sortent par le
fond.*)

SCÈNE V.

MINOTAURE, *seul, une bouteille à la main, parlant de Théophile.* Bah ! c'est un gâte-sauce, et à
moins de le manger... Saperlotte ! en voilà une
cuisine !.. rien de rien !.. excepté dans la cave,
et encore ce n'est que de la petite bière... Quel
chien d' pays !.. J'ai toujours pris cette bouteille,
ça fait prendre patience... (*Au moment où il va
boire, il aperçoit sa malle qui est ouverte.*) Eh
bien !.. ouverte !.. (*Regardant dedans.*) et vide !..
Mes poids... où sont mes poids ? Tonnerre ! est-ce
qu'on m'aurait volé mes poids ?

SCÈNE VI.
MINOTAURE, THÉOPHILE.

THÉOPHILE, *il entre avec un plat.* Voilà, voilà,
Juliette !

MINOTAURE. Hein !

THÉOPHILE. Lui !.. (*Il porte la main à sa tête
pour rabaisser son bonnet de coton et dans ce
mouvement il répand la sauce sur son bonnet.*

MINOTAURE. Juliette ?

THÉOPHILE. Non, pas Juliette... une julienne,
voilà.

MINOTAURE, *prenant le plat.* Ça, c'est une gibelotte.

THÉOPHILE. Oui, une Juliette en gibelotte ; non,
une gibelotte en julienne... (*A lui-même.*) Je ne
vois pas la porte...

MINOTAURE. Merci toujours de l'attention ; mais
il me faut mes poids... Va demander mes poids à
ton bourgeois.

THÉOPHILE. Des petits pois ?.. j'y vais.

MINOTAURE. Non, des gros poids, des poids
énormes.

THÉOPHILE, *qui cherche la porte à tâtons.* Des
haricots ? bon !

MINOTAURE. Ah çà, te fiches-tu de moi ?

THÉOPHILE, *tout tremblant.* Des flageolets ?
bien. Ah ! comme je flageole !... (*Il cherche à se
diriger sans y voir clair et se jette dans tous les
meubles.*)

MINOTAURE. Ah çà, qu'est-ce qu'il a donc à gi-
goter comme ça, c't animal, avec son sale bonnet sur les yeux ! (*Allant pour le lui ôter.*) Veux-
tu m'ôter ça !

THÉOPHILE, *se cramponnant à son bonnet.* Ne l'ô-
tez pas, je suis très-enrhumé du cer...(*Il éternue.*)
veau... et puis on m'appelle à la cui... (*Il éternue.*)
sine... Sacristi, je ne sais plus...(*Il éternue.*) Voilà !
voilà ! (*Il éternue et se jette dans toutes les tables
et finit par trouver la porte dans laquelle il se
précipite.*)

MINOTAURE. Mais il est fou, ce gaillard-là ! c'est
égal, j'ai toujours trouvé quelque chose. (*Il sort
en emportant son plat. Le théâtre change.*)

FIN DU TROISIÈME TABLEAU.

QUATRIÈME TABLEAU.

PERSONNAGES.	ACTEURS.	PERSONNAGES.	ACTEURS.
THÉOPHILE CHEVILLARD.	MM. Gil-Pérès.	LE TAVERNIER	MM. Vissot.
BÉNIN	Dubois.	UN POLICEMAN	Davanne.
LOLO.	Le petit Eugène.	LÉONORA	Mlle P. Gobert.
JULES MINOTAURE	Marchand.	Voyageurs des deux sexes.	
BADINOT.	Benjamin.		

Le théâtre représente une chambre à coucher ; au fond, dans une alcôve, un énorme lit caché par de grands rideaux ; devant ces rideaux, onze paires de bottes ou de souliers de toutes grandeurs appartenant aux voyageurs couchés dans le lit. Portes latérales ; à gauche, sur le devant, une chaise.

SCÈNE PREMIÈRE.

LÉONORA, L'HOTELIER.

L'HÔTELIER, *entrant de gauche.* Oui, Monsieur, il y a encore une place, vous pouvez entrer.

LÉONORA, *entrant toujours en homme.* Ah ! Dieu soit loué ! (*Se laissant tomber sur la chaise.*) Je meurs de lassitude... maudite ville ! avoir tout à la fois un homme à chercher et un homme à éviter ! Quelle fatalité a pu conduire à Londres cet hercule, ce Minotaure !.. M'aura-t-il reconnue ?.. je ne crois pas .. mais l'autre, comment le retrouver parmi deux millions d'individus !.... (*Se levant.*) Ah ! je n'aurais pas dû me sauver quand je le tenais là, quand je pouvais...

L'HÔTELIER. Monsieur ne se couche pas ?

LÉONORA. Si fait... où est mon lit ?

L'HÔTELIER. Là, au fond.

LÉONORA. Merci, vous pouvez me laisser.

L'HÔTELIER. Monsieur n'a pas besoin de moi !...

LÉONORA. Non !

L'HÔTELIER. Monsieur aura soin de laisser ses bottes là, avec celles des autres voyageurs.

LÉONORA. Comment ! vous mettez les bottes des voyageurs dans ma chambre !

L'HÔTELIER. Seulement les bottes des voyageurs qui couchent avec Monsieur.

LÉONORA. Hein ?...

L'HÔTELIER. Oh ! vous n'êtes pas beaucoup, vous n'êtes que douze.

LÉONORA. Comment ! douze !

L'HÔTELIER. Oh ! vous serez très-bien. (*Ici on entend ronfler au fond.*) Ce sont vos camarades de lit ; vous voyez qu'ils dorment comme des bienheureux ; vous serez très-bien ; bonsoir, Monsieur.

LÉONORA, *le retenant.* Restez, je vous prie... je ne suis pas difficile, mais je voudrais avoir une chambre ou au moins un cabinet à moi seule.

L'HÔTELIER. Oh ! Monsieur, vous ne trouveriez pas ça dans tout Londres, même à prix d'or. Tout ce que nous avons pu faire, c'est de partager nos hôtes en catégories de voyageurs que nous mettons dans des lits collectifs. Si vous étiez Chinois, vous coucheriez avec les Chinois ; vous êtes Français, voilà le lit des Français, et, à côté, dans cette autre chambre, le lit des Françaises. (*Il indique la porte du premier plan à droite.*)

LÉONORA. Ah ! les femmes couchent là ?

L'HÔTELIER. Oui, Monsieur.

LÉONORA, *faisant quelques pas vers la chambre des femmes.* Merci, Monsieur.

L'HÔTELIER, *l'empêchant de passer.* Eh bien ! où donc allez-vous ?

LÉONORA, *hésitant de parler.* Ah ! je vais vous dire, c'est que...

L'HÔTELIER. C'est que ?..

LÉONORA. Je n'ai pas l'habitude de coucher avec des messieurs, et...

L'HÔTELIER. Et vous auriez préféré... avez-vous fini ! avisez-vous d'entrer là, vous serez bien reçu. Cette porte est gardée en dedans par l'hôtesse et deux servantes ; nous avons des mœurs à Londres. (*Nouveaux ronflements.*)

LÉONORA, *à elle-même.* Oh ! mais c'est effrayant ! où me suis-je fourrée ?

SCÈNE II.

LES MÊMES, UN POLICEMAN.

LE POLICEMAN. Bonsoir !

L'HÔTELIER. Tiens ! c'est le policeman du quartier.

LE POLICEMAN. Avez-vous parmi vos hôtes un Français nommé Badinot ?

L'HÔTELIER. Badinot, oui, je dois avoir ça.

LE POLICEMAN. J'ai une lettre pour lui ; une lettre très-importante.

L'HÔTELIER. Nous allons vous le chercher. (*Il tire les rideaux du lit. On voit, au fond, onze têtes d'hommes coiffées de bonnets de coton. Ici, ronflement général.*)

LÉONORA, *à part.* Ah ! qu'ils sont laids comme ça !

SCÈNE III.

LES MÊMES, BÉNIN, BADINOT, MINOTAURE ET LOLO, *couchés. Plus, sept voyageurs également couchés.*

L'HÔTELIER, *appelant.* Monsieur Badinot !

MINOTAURE, *au milieu, à moitié endormi et levant la tête.* Hein? de quoi? qu'est-ce qui appelle?

LÉONORA, *à part.* Que vois-je !

L'HÔTELIER. Est-ce vous qui êtes monsieur Badinot?

MINOTAURE. Non !

L'HÔTELIER. Alors, vous pouvez vous rendormir.

MINOTAURE. Alors, c'était pas la peine de me réveiller. (*Il se laisse retomber sur le lit.*)

LÉONORA. Lui ! lui, dans cette maison ! (*Écoutant, et l'entendant ronfler tout de suite.*) Ah !.. mais il vient de se rendormir.

L'HÔTELIER, *appelant.* Monsieur Badinot !

BÉNIN, *s'éveillant et levant la tête.* Hein? Qu'est-ce qui appelle Lolo?.. (*A l'hôtelier.*) Vous appelez M. Lolo? (*Regardant autour de lui.*) Ah! mon Dieu ! Lolo?.. où est-il ?.. est-ce que je l'aurais écrasé?

LOLO, *passant sa tête aux pieds, il se trouve entre son père et Minotaure.* J'suis là, papa, aux pieds.

BÉNIN. Pourquoi, as-tu quitté ta place ?

LOLO. Parce que tu m'fourrais tes jambes dans l'dos... tu te couches en serpette.

L'HÔTELIER. Monsieur Badinot !

BÉNIN. Ah! ce n'est donc pas M. Lolo!.. en ce cas Lolo, tu peux te rendormir.

LOLO. Papa, puisque t'es réveillé, passe-moi donc quéqu'chose qu'est sous l'lit.

BÉNIN, *s'adressant au dernier voyageur couché à droite.* Dites donc, Monsieur, là-bas, vous qui êtes dans la ruelle... seriez-vous assez aimable pour passer à mon fils quelque chose qui est sous le lit ?

LE VOYAGEUR. Avec plaisir, Monsieur... (*Il étend le bras et retire de dessous le lit un chapeau qu'il veut passer à Lolo.*) Voilà !..

UN AUTRE VOYAGEUR, *l'en empêchant et s'écriant.* Mais c'est mon chapeau ! voulez-vous bien laisser ça là, vous !

MINOTAURE, *levant la tête de nouveau; avec colère.* Ah çà, aurez-vous bientôt fini de piailler!

LÉONORA. Oh! je ne puis rester ici, s'il me voyait sous ce costume... partons !..

LE POLICEMAN. On demande monsieur Badinot !

BADINOT, *l'avant-dernier à droite, s'éveillant,* Badinot, présent !

LÉONORA. Je ne me trompe pas... cette voix...

LE POLICEMAN. Ah ! ce n'est pas malheureux; vous avez l'sommeil diablement dur ! allons, venez ; j'ai une lettre pour vous.

BADINOT. Une lettre ?..

LE POLICEMAN. D'un Français qui m'a prié de vous chercher dans tous les hôtels... un monsieur Montguignon.

BADINOT. Ah! bien ! je sais... attendez, je suis à vous; fermez les rideaux.

BÉNIN. Lolo, tu n'as plus besoin de rien ?

LOLO. Non, papa.

MINOTAURE, *se retournant.* Sacristi ! comme ce lit est humide ! (*Les rideaux se ferment.*)

LÉONORA, *à part.* Que signifie ?.. et pourquoi se fait-il appeler Badinot ?.. Est-ce pour m'échapper ?.. Oh ! maintenant je ne le quitte plus... mais l'autre, l'autre qui est là ! (*Elle remonte au fond et reste cachée pendant la scène suivante.*)

SCÈNE IV.

L'HOTELIER, LÉONORA, BADINOT, LE POLICEMAN.

BADINOT, *paraissant en robe de chambre.* Vite, Monsieur, donnez-moi cette lettre, il me tarde de savoir...

LE POLICEMAN. La voilà, Monsieur.

BADINOT, *lisant.* « Mon cher futur gendre, j'ai « été arrêté par un voleur, et la police m'a arrêté pour avoir été volé ; mais enfin je suis libre, et n'ayant pu me procurer un gîte, je loge « provisoirement au beau milieu du jardin du « Vaux-Hall où l'on donne cette nuit une grande « exposition des danses de toutes les nations. Si « vous ne dormez pas, venez m'y trouver avec « ma fille, je vous attendrai dans l'allée à gauche. Trois heures du matin.

         « MONTGUIGNON. »

(*A lui-même.*) Pauvre beau père !.. mais le rejoindre à présent, il faudrait réveiller mademoiselle Juliette... Bah ! demain, demain matin...(*Au policeman.*) Merci, Monsieur.

LE POLICEMAN. C'est cinq scheling.

BADINOT. Ah ! c'est juste... (*A l'hôtelier.*) Cher hôte, veuillez payer ; moi je vais dormir. (*Il rentre derrière les rideaux. L'hôtelier et le policeman sortent.*)

SCÈNE V.

LÉONORA, *seule.* Ah ! tu te fais appeler Badinot !.. c'est la Providence qui m'a conduite ici... et pourtant l'autre qui est aussi dans cette maison... que faire ?.. la nuit porte conseil... si je pouvais entrer là, (*Elle désigne la chambre des femmes.*) m'y reposer du moins !.. car je suis brisée de fatigue... mais c'est impossible.

Air : *J'vous dis qu'il est là d'vant mes yeux.*

> Dans cette auberge où me voici,
> Il est deux lits que je convoite...
> Mais comment faire ? on couche ici,
> Les femm's à gauch', les homm's à droite...
> Et dame ! dans mon double emploi,
> Grâce au costume que j'exploite,
> A gauche on aurait peur de moi,
> Et moi, j'aurais grand'peur à droite. (*bis.*)

Si je pouvais trouver des vêtements de femme!....

SCÈNE VI.

THÉOPHILE, *en femme*, LÉONORA.

THÉOPHILE, *entrant*. Grâce à ce costume que m'a prêté Palmyre, je suis méconnaissable ; mon gredin de valseur ne me soupçonnera pas là-dessous, et je pourrai m'entretenir seul à seul avec ma Juliette adorée.

LÉONORA, *frappant du pied*. Mon Dieu ! quel parti prendre?

THÉOPHILE, *se retournant*. Fichtre ! un jeune homme !

LÉONORA. Une jeune dame !..

THÉOPHILE. Que le diable l'emporte !

LÉONORA. C'est le ciel qui me l'envoie !

THÉOPHILE, *à part*. Tâchons de passer sans être vu. (*Il passe à droite.*)

LÉONORA, *l'arrêtant*. Madame, je voudrais...

THÉOPHILE. Laissez-moi, petit galopin !..

LÉONORA, *de même*. Madame, au nom du ciel, écoutez-moi...

THÉOPHILE. Voulez-vous me laisser tranquille, vaurien !

LÉONORA. Je vous en supplie, venez à mon secours... je ne suis pas un homme.

THÉOPHILE. Hein ? (*Il va rapidement à elle.*)

LÉONORA. N'abusez pas de ma confiance... et, de grâce, aidez-moi à me procurer des vêtements de mon sexe.

THÉOPHILE. De votre sexe?.. mais si vous n'êtes pas un homme, de quel sexe êtes-vous donc ?

LÉONORA. Mais il n'y en a pas trois.

THÉOPHILE, *riant*. Tiens, c'est vrai, il n'y en a que deux.

LÉONORA. Vous comprenez mon embarras?.. ce costume est cause qu'on m'a mise dans cette chambre à coucher, qui est celle des hommes, et si vous ne m'offrez pas un moyen de prendre ma véritable place...

THÉOPHILE. Oh ! permettez, permettez, je veux avoir les preuves...

LÉONORA. Oh ! c'est bien facile ; regardez-moi.

THÉOPHILE.

Air : *Cependant je doute encore* (Une passion).

Cependant, je doute encore.

LÉONORA.

Eh bien ! voyez mon menton,
Suis-je femme ?

THÉOPHILE.

Je l'ignore.

LÉONORA.

Ai-je de la barbe ?

THÉOPHILE.

Non.

LÉONORA.

Et ce pied, voyez donc, comme

Il est petit !

THÉOPHILE, *se baissant*.
Voyons ça?

LÉONORA.

Touchez !..

THÉOPHILE, *lui touchant le pied*.
Dieu fut économe...
Franchement, je crois qu'un homme,
N'aurait pas ce p'tit pied-là. (*bis.*)

A part et parlé. O Juliette, fermez les yeux, ma bonne amie !

Même air.

Cependant je doute encore.

LÉONORA.

Vous doutez, voyez ma main...

THÉOPHILE.

C'est un mythe ; mais j'implore
Un indice plus certain...

LÉONORA.

Voyez ma taille...

THÉOPHILE.

Je pense
Pouvoir juger sur cela...
(*Il lui prend la taille.*)
Je le dis en conscience,
Non, jamais homme en France
N'aura cette taille-là. (*bis.*)

A part et parlé. Oh ! Juliette, je suis un grand gueux ! (*Haut et chanté, tout en marchant à grands pas vers elle.*)

Cependant, je doute encore !..

LÉONORA, *passant à gauche*. Oh ! mais à la fin, Madame !..

THÉOPHILE. Eh bien ! oui, je vous crois, je vous crois !

SCÈNE VII.

LES MÊMES, L'HOTELIER.

L'HÔTELIER. Qu'ai-je appris !.. un homme s'est déguisé en femme !..

THÉOPHILE. Ciel !

LÉONORA. Qu'entends-je !

L'HÔTELIER. Oh ! si je le découvre !

THÉOPHILE. Sauvons-nous !

LÉONORA, *courant après lui*. Un homme en femme !.. plus de doute ! et je le tiens.

THÉOPHILE, *à Léonora*. Vous me livrez !

L'HÔTELIER. Comment, c'est toi, gueux !

THÉOPHILE. Eh bien ! oui, c'est moi, gueux ! je suis un homme, mais... (*Désignant Léonora.*) Monsieur est une femme.

L'HÔTELIER. Une femme !.. une femme en homme ! un homme en femme ! Oh ! c'est affreux ! (*A Léonora.*) vite, Madame, entrez là. (*Il lui désigne à droite la chambre des femmes.*)

LÉONORA. Je ne demande pas mieux. (*Elle entre à droite.*)

L'HÔTELIER, *à Théophile.* Et vous, Monsieur, allez vous coucher!

THÉOPHILE. Mais...

L'HÔTELIER, *lui indiquant l'alcôve du fond.* Allez vous coucher!

THÉOPHILE. Oui, eh bien! oui, je vais me coucher de rage!.. (*On le voit tirer les rideaux et monter sur le lit en disant:*) Place pour un!

LOLO, *criant.* Aïe! papa! on m'écrase!..

MINOTAURE, *se levant.* Qu'est-ce que c'est que ça?

THÉOPHILE, *reconnaissant Minotaure.* Dieu!

MINOTAURE, *se levant.* Monsieur Théophile Chevillard!..

TOUS LES HOMMES, *réveillés par Minotaure.* Aïe! au secours! à la garde! (*Ils se débattent sur le lit et finissent par en sortir. — Ici plusieurs cris se font entendre dans la chambre des femmes.*)

SCÈNE VIII.

TOUS LES HOMMES, *en robe de chambre et en caleçons;* TOUTES LES FEMMES *en camisole.*

LES HOMMES.

Air :

Que se passe-t-il en ces lieux?
Pourquoi ces cris et ce tapage?

Ah! c'est affreux,
C'est odieux!
Comment fermer les yeux!

LES FEMMES, *parlant de Léonora.*

Recevoir un homme en ces lieux,
Pour nous, Mesdames, quel outrage!
Ah! c'est affreux,
C'est odieux!
Vite, fermons les yeux!

(*Pendant le chœur tous les hommes ont quitté le lit, toutes les femmes sont entrées pour éviter Léonora qui les suit. En rencontrant les hommes, les femmes poussent de nouveaux cris. Tout le monde se met à courir, les hommes après les femmes, les femmes pour éviter les hommes, et au milieu de ce tohu-bohu, Minotaure, sur le lit avec Théophile, toujours en femme, le force à exécuter une valse effrénée.*)

FIN DU QUATRIÈME TABLEAU.

QUATRIÈME ACTE, CINQUIÈME TABLEAU.

PERSONNAGES.	ACTEURS.
MONTGUIGNON.	M. NESTOR.
JULIETTE	Mlle MINA WELL.
THÉOPHILE CHEVILLARD.	M. GIL-PÉRÈS.
BADINOT.	M. BENJAMIN.
LÉONORA	Mlle PAULINE GOBERT.
CRÉMAILLÈRE.	MM. PARADE.
LE VOLEUR.	BÉRAUD.
JULES MINOTAURE	MARCHAND.
PALMYRE	Mme ANATOLIE.

PERSONNAGES.	ACTEURS.
CANICHETTE	Mmes SOLANGE.
MANETTE.	P. LEGRAND.
MARGOT.	BLIGNY.
JEANNETON.	ANTONY.
MIRA.	ARIEL.
PICOTINE	DELAMARRE.
ISAURE.	VICTORINE.
Etrangers, Cortège.	
Ballet. — Danses de tous les pays.	

Le jardin du Vaux-Hall, en plein jour. — Au fond, la façade d'un palais. La scène est couverte de personnages; hommes et femmes appartenant à tous les pays et couverts de leurs costumes nationaux.

SCÈNE PREMIÈRE.

LES ÉTRANGERS, *puis* BADINOT, MONTGUIGNON *et* JULIETTE, *ils entrent de droite.*

MONTGUIGNON; *ayant à son bras Badinot et Juliette.* Ma foi, mes chers enfants, ce jardin du Vaux-Hall est assez hospitalier... je n'y ai pas mal dormi, tantôt sur les chevaux de bois ou sur les balançoires, et tantôt dans des fauteuils où je me faisais peser et repeser... pour me reposer... et quant aux subsistances!.. j'ai mangé pour trois francs de croquets et douze francs de pain d'épices.

BADINOT. Eh bien! c'est une excellente idée que vous avez eue là; du moins vous avez mangé et vous avez dormi, tandis que nous...

MONTGUIGNON. Oh! mais, vous ne connaissez rien encore des merveilles du Vaux-Hall!.. cette nuit, nous avons un grand congrès de la danse; tous les peuples de l'univers, venus ici pour l'exposition, devront exécuter des pas nationaux; les femmes surtout ne pourront s'en dispenser.

JULIETTE. Comment, papa, est-ce qu'il faudra que je danse?

MONTGUIGNON. Mais certainement, tu danseras avec la France, pour faire honneur à la France! ce sera magnifique, le congrès se terminera par les satellites de Pluton, danse infernale, immédiatement suivie de l'embrasement du jardin... ce sera superbe!

BADINOT. Mais il est déjà fort tard; à quelle heure donc cette fête?

MONTGUIGNON. Ah! je ne sais pas; mais on va nous le dire. (*A un Chinois qui se promène.*) Pardon, Monsieur, pourriez-vous me dire à quelle heure aura lieu le congrès de la danse?

LE CHINOIS. Nankin, nika, nika, kankan! (*Il s'éloigne.*)

MONTGUIGNON. Ah!

JULIETTE. Que dit-il?

MONTGUIGNON. Je n'ai pas parfaitement compris; mais je crois qu'il m'a dit qu'on danserait le cancan... le connais-tu, ma fille?

JULIETTE. De réputation, papa.

MONTGUIGNON. Elle connaît tout... elle est parfaitement élevée.

BADINOT. Mais il ne nous a pas dit...

MONTGUIGNON. C'est juste... ah! ce monsieur... (*A un Italien qui passe.*) Monsieur, pourriez-vous me dire...

L'ITALIEN. No capisco. (*Il s'éloigne.*)

MONTGUIGNON. Capisco!.. Badinot, comprenez-vous capisco?

BADINOT. No!

MONTGUIGNON. Ah! cette dame... (*A une Allemande.*) Madame, seriez-vous assez bonne pour m'apprendre?..

L'ALLEMANDE. Jif begreifun nichts! (*Prononcez:*) iibegraye feu niitz.

MONTGUIGNON. Ah çà, mais c'est la tour de Babel que Londres! on y parle toutes les langues.. excepté la nôtre....

BADINOT. Avec tout cela, nous ne sommes pas plus avancés. (*Grand bruit au-dehors, au fond à gauche.*)

MONTGUIGNON. Qu'est-ce donc?

BADINOT, *au fond.* Ah! que de monde là-bas!..

MONTGUIGNON. Ce sont les danseuses chinoises qui arrivent.

BADINOT. Courons de ce côté...

JULIETTE. Oh! moi, je ne veux pas m'exposer dans la foule... je vous attends là.

BADINOT. Vous laisser seule, non pas!..

JULIETTE. C'est donc pour m'obliger à vous suivre...

MONTGUIGNON. Juliette a raison; elle peut nous attendre ici; nous revenons à l'instant. (*Léonora paraît au fond, même costume.*)

BADINOT. A tout à l'heure, ma charmante future. (*Il lui baise la main et sort avec Montguignon. Léonora a fait un geste expressif et suit un instant, Badinot des yeux. Tous les étrangers sont sortis du côté où les cris se sont fait entendre.*)

SCÈNE II.

JULIETTE, LÉONORA.

JULIETTE, *à elle-même.* Je n'ai pas voulu les suivre, car Théophile que j'attends ici...

LÉONORA, *s'approchant d'elle.* Un mot, Mademoiselle.

JULIETTE, *à part.* Ah! mon Dieu! ce jeune homme qui, la nuit dernière...

LÉONORA. Vous aimez M. Théophile Chevillard?

JULIETTE. Monsieur comment savez-vous?.. et puis, que vous importe...

LÉONORA. C'est que si vous l'aimez, je l'aime aussi!

JULIETTE. Vous?

LÉONORA. Je suis une femme.

JULIETTE. Une femme!

LÉONORA. Je m'apelle Léonora. Un soir, que par un affreux brouillard, je rentrais chez moi, rue de Bréda, je fus persécutée par un freluquet et protégée par un géant qui me demanda, pour toute récompense, la permission de venir me voir quelquefois. Ce gros brave homme, que je sus plus tard être très-riche, me peignit toute la force de son amour, et parlait même déjà de m'épouser, lorsqu'un jour, au Château-Rouge, je rencontrai M. Théophile, dans lequel je reconnus le petit jeune homme du brouillard.

JULIETTE. Théophile au Château-Rouge..... quelle horreur!

LÉONORA. Nous mazourkâmes ensemble, et pendant tout le bal il eut tant de prévenances, tant d'attentions, il fut si gentil, si aimable, si empressé, que malgré moi je crus à la vérité de ses paroles, quand, au moment du feu d'artifice, il me dit qu'il m'aimait.

JULIETTE. Il vous l'a dit?

LÉONORA. Cent fois!.. et, depuis, il me l'a répété dans les lettres les plus passionnées...

JULIETTE. Est-il possible!

LÉONORA. J'eus la faiblesse de le croire, jusqu'au jour où j'appris, qu'il venait de partir pour Londres, avec une jeune fille qu'il devait épouser.

JULIETTE, *étonnée.* M. Théophile?

LÉONORA. Alors je n'écoutai que ma jalousie, que mon indignation... je pris ce costume qui me permettait de le suivre sans être reconnue; et, je voyageai si vite que j'étais à Londres avant lui.

JULIETTE. Et il vous y a vue?

LÉONORA. A son arrivée.

JULIETTE, *à part.* Ah! voilà donc la cause de son trouble et de ses terreurs!..

LÉONORA. Eh bien! Mademoiselle, croyez-vous maintenant que votre mariage avec cet homme puisse s'accomplir?

JULIETTE. Moi, l'épouser, oh! jamais! mais comment le punir? comment me venger?

LÉONORA. Oh! quant à la vengeance... fiez-vous à moi...

Air du Caïd.

Je vous le répète,
Ma vengeance est prête,

Une vengeance complète!
Je suis Espagnole, et je suis lorette,
Enfin, je suis femme aussi.
Je jure, ici,
De me venger de lui!
Oui, malheur à lui!
Punissons le parjure!
Je jure,
Ici,
De nous venger de lui!
Qu'il tremble aujourd'hui,
Malheur, malheur à lui!

JULIETTE.

Vraiment, c'est trop d'inconstance,
Madame, plus de pitié!
Ici, dans votre vengeance
Je veux être de moitié.
Oui, me voilà prête,
Pour moi quelle fête,
Si la vengeance est complète!
Mon amour s'envole, et je ne souhaite
Que de le punir aussi.
Je jure, ici,
De me venger de lui!
Oui, malheur à lui!
Punissons le parjure!
Je jure,
Ici,
De me venger de lui!
Qu'il tremble aujourd'hui,
Malheur, malheur à lui!

LÉONORA.

Eh bien! j'accepte, qu'il tremble!
Oui, qu'il tremble, l'imposteur!
Nous allons jurer ensemble
Guerre à mort au séducteur!

JULIETTE.

Oui, guerre éternelle!

LÉONORA.

Oui, guerre éternelle!

ENSEMBLE.

Guerre à l'amant infidèle!

LÉONORA.

Je suis bonne, mais, je serai cruelle!

JULIETTE.

Je serai cruelle aussi.

ENSEMBLE.

Jurons ici,
De nous venger de lui!
Oui, malheur à lui!
Punissons le parjure!
Jurons ici,
De nous venger de lui!
Qu'il tremble, aujourd'hui,
Malheur! malheur à lui!

MINOTAURE, *au dehors.* Vous dites sous les grands tilleuls, au bout de l'avenue?..

LÉONORA, *regardant à droite.* Juste ciel!

JULIETTE. Qu'avez-vous?

LÉONORA. Quelqu'un qui vient par ici, et que je veux éviter... Attendez-moi!.. oh! attendez-moi!.. (*Elle se sauve à gauche.*)

SCÈNE III.

JULIETTE, MINOTAURE.

MINOTAURE, *entrant par la droite habillé en hercule, il est précédé d'un gamin habillé en paillasse; ils traversent le théâtre; le poussant.* Mais va donc plus loin! puisqu'on nous dit sous les grands tilleuls; va donc, goddem!.. Est-il bête, c't' animal-là!.. (*Ils disparaissent à gauche.*)

JULIETTE. Mais quelle est donc la personne qui fait fuir cette dame?.. Je ne vois que ce saltimbanque...

SCÈNE IV.

THÉOPHILE, JULIETTE.

THÉOPHILE, *sans voir Juliette, suivant des yeux Minotaure.* C'était un hercule! j'ai valsé avec un... Oh! s'il revenait par ici! (*Il fait le mouvement de fuir.*)

JULIETTE. Ah! vous voilà, Monsieur, et où courez-vous donc comme ça?

THÉOPHILE. Juliette, laissez-moi me sauver.... si vous saviez?..

JULIETTE, *le retenant.* Je sais tout, Monsieur.

THÉOPHILE. Quoi! vous savez!.. (*A lui-même.*) Est-ce que ce misérable lui aurait dit?.. (*Haut.*) Mais vous l'avez donc vu?.. vous lui avez donc parlé?

JULIETTE. Oui, je l'ai vue, je lui ai parlé.... ainsi, c'est donc bien vrai?

THÉOPHILE. Hélas!

JULIETTE. Et vous l'aimez?

THÉOPHILE, *jettant un coup d'œil vers la coulisse par où Minotaure est sorti.* Je l'aime!... moi!.. mais au contraire!

JULIETTE. Elle vient de me le dire.

THÉOPHILE, *étonné.* Elle!.. vous dites : « Elle? »

JULIETTE. Oui, monstre; oui, elle, cette même femme qui pour vous suivre, s'est déguisée en homme!..

THÉOPHILE, *à lui-même, avec stupeur.* C'était une femme!..

JULIETTE. Et qui prétend que si vous ne vous mariez pas avec elle...

THÉOPHILE, *avec horreur.* Moi! avec elle!.... épouser cette femme hercule!.. jamais.

JULIETTE. Ah çà, êtes-vous fou!.... Je vous parle de cette jeune fille qui, sous un déguisement d'homme, était cette nuit même à l'hôtel...

THÉOPHILE, *gaiement.* Ah! bien! bien! une petite... assez drôlette... (*Indigné.*) Et elle a eu l'effronterie de vous dire?..

JULIETTE. Ah! vous convenez donc enfin que vous la connaissez!

THÉOPHILE, *avec fatuité*. Quant à la connaître... non... pas tout à fait ; mais pour l'avoir vue, je l'ai vue... je lui ai même parlé.

JULIETTE. C'est-à-dire, que vous l'avez séduite.

THÉOPHILE, *riant avec dédain*. Oh!

JULIETTE. Que vous l'avez empêchée d'épouser un honnête homme qui l'aimait...

THÉOPHILE, *de même*. Oh! oh!

JULIETTE. Et que si vous m'épousez, moi, elle se vengera.

THÉOPHILE, *de même*. Oh! (*Tout à coup, et s'effrayant.*) Oh!...

JULIETTE. Mais elle n'aura pas cette peine....

THÉOPHILE, *s'indignant*. Mais elle ment! mais c'est faux!..

JULIETTE. Ah! vous niez! Eh bien! la voici, et elle vous répétera elle-même...

SCÈNE V.

LES MÊMES, LÉONORA.

LÉONORA, *à elle-même, entrant*. Il fait ses exercices à l'extrémité du jardin...

JULIETTE, *à Léonora*. Venez, Mademoiselle.... venez confondre Monsieur.

LÉONORA, *surprise*. Monsieur?

JULIETTE. Il nie tout.

LÉONORA. Qu'est-ce que Monsieur nie?

THÉOPHILE. Tout, Mademoiselle, (*Gaiement.*) Ah çà, je vous ai donc séduite, moi?

LÉONORA. Séduite?.. vous, Monsieur?

THÉOPHILE. C'est Mademoiselle, qui prétend.... que vous prétendez....

JULIETTE, *à Léonora*. Ne m'avez-vous pas dit que M. Théophile Chevillard...

LÉONORA. Oui.

JULIETTE, *montrant Théophile*. Eh bien! M. Théophile Chevillard, le voilà!...

LÉONORA. Vous êtes Théophile Chevillard?

THÉOPHILE. Théophile Chevillard.

LÉONORA, *appuyant*. Théophile Chevillard?

THÉOPHILE, *à lui-même*. Hein? est-ce qu'elle voudrait me faire valser aussi?

JULIETTE. Je vous le certifie, Mademoiselle.

LÉONORA, *à elle-même*. Mais alors, ce nom de Badinot, c'est donc le sien?

THÉOPHILE, *qui a entendu*. Badinot, c'est mon rival!

LÉONORA. Votre rival!.. Ah! je comprends, je devine tout... et soyez tranquille... je vous en délivrerai. (*Bruit au dehors, à gauche.*) On vient, sans adieu, comptez sur moi. (*Elle sort par le fond.*)

MONTGUIGNON, *au dehors, à gauche*. Ma fille! ma fille!

THÉOPHILE. Le papa! fichtre! (*Il sort par la droite.*)

SCÈNE VI.

MONTGUIGNON, BADINOT, JULIETTE.

BADINOT, *allant à Juliette*. Mademoiselle, l'exposition des danses qui va commencer!.. voyez, que de femmes!.. et de tous les pays!.. c'est un coup d'œil ravissant.

MONTGUIGNON. Mais tout le monde se dirige de notre côté.

BADINOT. Sans doute, le concours doit avoir lieu ici.

MONTGUIGNON. Prenons nos places. (*Ils vont s'asseoir tous les trois, à droite.*)

SCÈNE VII.

LES MÊMES. TOUS LES PERSONNAGES DE L'ACTE; *ces derniers font partie du cortège qui, venant du fond, à gauche, défile et se range tout autour du théâtre. — Ce cortège est composé de danseurs de toutes les nations. — Chaque groupe de nation a sa bannière. — A la suite du défilé, arrive Crémaillère avec deux voleurs. — Danses nationales de tous les pays.— Sur la fin de la dernière danse, l'entraînement gagne chaque groupe et chaque spectateur. — Tout le monde se met à danser. — Tohubohu général. — Tout à coup, nuit complète à la rampe et au lustre. — Embrasement du jardin.*

FIN DU QUATRIÈME ACTE.

CINQUIÈME ACTE, SIXIÈME TABLEAU.

PERSONNAGES.	ACTEURS.	PERSONNAGES.	ACTEURS.
MONTGUIGNON.	M. Nestor.	JEANNETON.	Mmes Antony.
JULIETTE.	Mlle Mina Well.	MIRA.	Ariel.
THÉOPHILE CHEVILLARD.	MM. Gil-Pérès.	PICOTINE.	Delamarre.
BADINOT.	Benjamin.	ISAURE.	Victorine.
CRÉMAILLÈRE.	Parade.	CLAPOTIN, interprète de quelques exposants étrangers.	MM. Arthur.
LE VOLEUR.	Béraud.	UN EMPLOYÉ.	Dorville.
CANICHETTE.	Mmes Solange.	Un prince indien, Étrangers, Voleurs.	
MANETTE.	P. Legrand.		
MARGOT.	Bligny.		

L'entrée extérieure du palais de l'industrie qui est à droite, au premier plan, on aperçoit le bureau où l'on reçoit les billets ; des policemen sont près de ce bureau et maintiennent l'ordre.

SCÈNE PREMIÈRE.

CHŒUR DE CURIEUX, *formant une queue pour entrer à l'exposition.*

Air : *Tourbillon.*

Enfin, c'est donc aujourd'hui le grand jour,
Où chaque peuple va, tour à tour,
Faire admirer à tout l'univers
Ses travaux et ses produits divers !

MIRA, *poussant Jeanneton.*

Laissez-moi donc passer !

JEANNETON.

Pourquoi me pousser ?

ISAURE, *à un Monsieur.*

Respectez une dame.

CANICHETTE.

　J'ai perdu mon billet !

PICOTINE.

Place, s'il vous plaît ?

UN MONSIEUR.

Ciel ! j'ai perdu ma femme !

MANETTE.

J'expose, j'entrerai...

PICOTINE.

On a déchiré
Ma robe du dimanche.

MARGOT.

Déchiré ?

PICOTINE.

Tout à fait.

MARGOT.

Voilà ce que c'est
Que de passer la Manche.

REPRISE.

Enfin, c'est donc aujourd'hui, etc.
(*Pendant la reprise du chœur, la foule n'a cessé d'assiéger le bureau qui se ferme après le chœur.*)

TOUS, *vociférant.* Un billet !.. à moi le bureau ! ouvrez donc !

UN EMPLOYÉ. Les bureaux sont fermés.

TOUS. Ah !..

L'EMPLOYÉ. Et comme le palais ne saurait contenir plus de monde, cessez d'assiéger les portes ; dispersez-vous.

TOUS.

Même air.

C'est une horreur ! nous renvoyer ainsi !
Pourquoi sommes-nous venus ici ?
Quoi ! pour nous recevoir, les Anglais
N'ont, hélas ! même pas de billets !

THÉOPHILE, *qui vient d'arriver, à part.* Voici le moment de développer mon industrie ! (*Montant sur une chaise, à gauche, criant :*) Les bureaux sont fermés ?.. je rouvre une succursale !.. qui veut des billets de l'exposition ? (*Tout le monde se presse en criant autour de lui.*) C'est mon dernier billet... trois livres sterling mon dernier billet ! (*Ici un bourdonnement de voix inintelligible couvre la voix de Théophile.*)

〜〜〜〜〜〜〜〜〜〜〜〜〜〜〜〜〜〜〜〜〜

SCÈNE II.

LES MÊMES, MONTGUIGNON.

MONTGUIGNON, *courant vivement au bureau.* Badinot et ma fille marchent comme des tortues... dépêchons-nous de prendre nos billets.

THÉOPHILE. Trois livres sterling, adjugé ! (*Murmures.*) Ne vous désolez pas ; quand il n'y en a plus, il y en a encore !

MONTGUIGNON. Comment ! les bureaux sont fermés ?

THÉOPHILE, *criant.* A quatre livres sterling mon dernier billet !

MONTGUIGNON, *surpris.* Que vois-je !.. Théophile à Londres !..

THÉOPHILE, *apercevant Montguignon, à part.* Le papa Montguignon !.. mais, ça m'est égal. (*Haut.*) A quatre livres sterling !

MONTGUIGNON, *allant à Théophile*. Et vous avez des billets?..

THÉOPHILE, *montrant son billet*. Voilà mon dernier.

MONTGUIGNON. Et vous êtes assez bon pour le vendre ?

THÉOPHILE. Oui, je suis assez bon pour le vendre très-cher.

MONTGUIGNON. Le prix ne fait rien.

THÉOPHILE, *descendant de sa chaise*. Mais, à vous, je ne le vendrai pas.

MONTGUIGNON, *piqué*. Hein ?

THÉOPHILE. A vous, je le donnerai.

MONTGUIGNON, *avec joie*. Bah !.. ah ! Théophile! monsieur Théophile... donnez vite.

THÉOPHILE. Avec plaisir... mais, vous... vous allez d'abord me donner la main...

MONTGUIGNON, Avec plaisir, mon petit Théophile. (*Il lui donne une poignée de main*.)

THÉOPHILE, *gaiement*. Non... pas ça!... je vous demande la main de votre fille.

MONTGUIGNON. Ah ! ce serait aussi avec plaisir... mais elle est promise.

THÉOPHILE, *le saluant*. Alors, mon billet est retenu. (*Il remonte sur sa chaise, mais cette fois au milieu du théâtre, criant :*) A quatre livres sterling mon dernier billet.

SCÈNE III.

LES MÊMES, CLAPOTIN, UN PRINCE INDIEN.

CLAPOTIN, *qui vient d'entrer avec un prince indien, à Théophile*. Nous le prenons.

MONTGUIGNON. Un instant!.. j'enchéris.

CLAPOTIN. Ce serait inutile, Monsieur, car je suis l'interprète de ce riche prince indien, et je monterai si haut...

MONTGUIGNON. Monsieur, quand vous monteriez au ciel; quand je devrais y manger ma dernière culotte amadou...

THÉOPHILE, *à lui-même*. Bravo! ça se dessine... (*Haut.*) A l'enchère mon dernier billet !

Air : *du Baroter*.

Allons, faites silence !
Qui poussera le plus haut ce billet
Aura la préférence.

MONTGUIGNON.

Mon argent est tout prêt!

THÉOPHILE.

Quatre livres sterling!

CLAPOTIN.

Je vous en donne cinq.

MONTGUIGNON.

Moi, six!

CLAPOTIN.

Moi, sept!

MONTGUIGNON.

Moi, huit!

CLAPOTIN.

Moi, neuf!

THÉOPHILE, *montrant Clapotin et lui présentant le billet*.

Il doit tenir son pied de bœuf.

MONTGUIGNON, *s'interposant*.

Non pas! (*bis.*) car, je pousse l'enchère...
Allons ! onze livres sterling!

CLAPOTIN.

Douze livres!

MONTGUIGNON.

Oh ! ma colère !...

Treize !

CLAPOTIN.

Quatorze!

MONTGUIGNON.

Quinze!

CLAPOTIN.

Vingt!

MONTGUIGNON.

Vingt livres !... ciel! malgré moi, je balance...

THÉOPHILE.

Allons, allons, cela marche assez bien,
Vingt livres donc !.. on garde le silence...
Deux fois, trois fois... personne ne dit rien ?

MONTGUIGNON.

Moi, j'en donne trente!

CLAPOTIN.

J'en donne quarante!

MONTGUIGNON.

J'en donne cinquante!

CLAPOTIN.

J'en donne soixante !

THÉOPHILE.

Une fois, deux fois, trois fois...

MONTGUIGNON.

Bien obligé !

THÉOPHILE.

A soixante livres sterling, adjuge !

CHŒUR.

Quelle somme immense!
Pour nous plus de chance!
Quoi, la préférence,
Est à l'opulence!
Ce prix me renverse
Oh! si l'on exerce
Un pareil commerce,
Il faudra bientôt, au prix d'un million, (*bis*)
Payer un billet pour l'exposition.

(*Le prince indien entre à l'exposition après avoir payé Théophile; les autres personnages sortent de différents côtés.*)

SCÈNE IV.

THÉOPHILE, *seul*. Soixante livres sterling ! mais c'est une fortune, mais c'est un trésor; mais je suis le plus heureux des hommes!... Heureux! heureux, dis-tu, malheureux?... quand cet hercule existe encore, quand il peut te faire valser jusque sur les marches de l'autel!.. Mais voilà de ces moments où l'industrie humaine devrait se signaler...

SCÈNE V.

THÉOPHILE, MARGOT, MANETTE ; *elles sortent de l'exposition tenant chacune un panier contenant leurs produits.*

MARGOT, *avec colère.* Comment, nous chommes refusa !

MANETTE, *de même.* Allais, allais, marchais..... on s'est gaussé de nous.

THÉOPHILE, *à lui-même.* Comment, je ne trouverai pas même à l'exposition de Londres une invention, une manivelle pour lui casser les reins?

MARGOT. Qu'est-che que che vas faire de mes châtaignes ?

MANETTE. Et moi de mes pommes?

THÉOPHILE, *même jeu.* Oh ! je donnerais soixante livres sterling pour trouver ce que je cherche.

MARGOT, *à Théophile.* C'hest-y des châtaignes que vous cherchez... Monchieur ?

THÉOPHILE. Des châtaignes !... je cherche une mécanique pour casser les reins à un monstre... avez-vous ça?

MARGOT. Une mécanique pour casser les reins ?

THÉOPHILE. Oui.

MARGOT, *riant d'un gros rire.* Je n'ai pas cha, je n'ai pas cha...

THÉOPHILE. C'est dommage; ce serait bien plus utile que vos châtaignes, quoique pour des châtaignes !... Pristi ! voilà de belles châtaignes !

MARGOT, *tirant une grosse châtaigne.* N'est-ce pas qu'elles sont belles?.. C'hest de Chaint-Flour.

THÉOPHILE, *mordant après.* Elles ne sont pas cuites?...

MARGOT. Non, Monchieur, elles chont crues!

MANETTE, *montrant une grosse pomme.* Et c'te pomme ?..

THÉOPHILE. Oh! saperlotte! c'est une pomme, ça?...

MANETTE. C'est-y ça un perfectionnement?

THÉOPHILE. Si c'est perfectionné? c'est-à-dire que la pomme qui a damné le genre humain n'était rien en comparaison de celle-ci!

MANETTE, *lui donnant un coup de poing.* Farceur!.. Eh bien, faut vous laisser tenter itou.

THÉOPHILE. Que je me laisse tenter itou! vous ne trouvez pas le genre humain assez damné comme ça, vous ?

MANETTE.

Air : *du Luth galant.*

Craignez-vous la tentation?
THÉOPHILE.
'est pour une pomme, dit-on,

Qu'Adam nous a perdus.

MANETTE.
C'est qu'il aimait les pommes.

THÉOPHILE, *jetant un coup d'œil sur la poitrine de Manette.*
Nous les aimons encor dans le siècle où nous sommes,
Et j'en devine ici qui damneraient les hommes
Si l'on pouvait les voir à l'exposition.

MANETTE. Voyez-vous ça!

THÉOPHILE. Mais tout cela ne me délivre pas de mon monstre, et il faut que l'industrie m'en délivre... je me suis réservé un billet, je vais demander ma vengeance à la chimie, à la physique, à la métaphysique, et si le monde scientifique ne m'indique aucune mécanique contre sa force athlétique, j'aurai recours à quelque chose de tragique.

MARGOT ET MANETTE. De tragique?
THÉOPHILE, *criant.* Et d'odieux.
MARGOT ET MANETTE. D'odieux!
THÉOPHILE, *souriant et les saluant.* Adieu ! (*Il entre dans l'exposition.*)

SCÈNE VI.
MARGOT, MANETTE.

MARGOT. Il est fou, che petit cheune homme.
MANETTE. Ben sûr qu'il est fou.
MARGOT. Mais avec tout cha, nous chommes refusa.

MANETTE. Puisque pour se faire recevoir à Londres, y faut avoir été reçu à Paris !
MARGOT. Chest de la tricherie, cha.
MANETTE. Allais, allais, marchais!... je ne scrons pas embarrassées de nos produits... j' mangerons nos pommes et nos châtaignes, donc!
MARGOT, *riant.* Tiens, au fait, chest une idée, la Normande.
MANETTE, *de même.* N'est-ce pas, l'Auvergnate!..
MARGOT. Et oui, fichtra! (*Elles sortent en riant pendant que la scène suivante s'engage sur le devant du théâtre.*)

SCÈNE VII.
MINOTAURE, *vêtu en bourgeois,* LÉONORA, *en costume de son sexe.*

MINOTAURE. Comment, Madame, il serait possible... je me serais trompé de valseur?
LÉONORA. Oui, Monsieur, celui qui a signé ces lettres... Théophile Chevillard... se nommait Badinot.
MINOTAURE. Et j'ai fait valser le vrai Théophile ! c'est donc ça qu'il me regardait toujours avec des yeux bêtes... mais comment se fait-il?
LÉONORA. Avant de m'interroger, dites-moi d'a-

bord comment ces lettres se trouvent entre vos mains?

MINOTAURE. Mon Dieu, Madame, c'est bien simple... Un soir que je vous attendais, mes yeux tombèrent par hasard sur une de ces lettres qui portaient mon nom... dans cette lettre je lus qu'un monsieur Théophile Chevillard menaçait de me faire valser s'il me rencontrait chez vous..... alors, pour y mettre de la complaisance, je l'ai invité moi-même à valser... voilà toute l'histoire.

LÉONORA. Maintenant, je comprends, je devine tout; M. Badinot, qui me faisait la cour, n'aura pas voulu se compromettre, et, pour se mettre à l'abri d'une indiscrétion de ma part, il a pris le nom de son rival; par ce moyen, je pouvais livrer ces lettres à M. Montguignon, je ne compromettais que ce pauvre Théophile.

MINOTAURE. Saperlotte, je suis fâché de m'être trompé de valseur!

LÉONORA. Monsieur Minotaure, j'entre à l'exposition, je veux remettre ces lettres à quelqu'un qui s'y trouve... vous viendrez me prendre pour me conduire sur les bords de la Tamise; on y donne ce soir une grande fête maritime en l'honneur des pavillons de tous les pays... je veux voir cela.

MINOTAURE. Je serai toujours à vos ordres, belle dame. (*Elle sort par la droite.*) Sapristi, je suis fâché de m'être trompé de valseur!

SCÈNE VIII.

BADINOT, MINOTAURE.

BADINOT, *entrant de gauche*. Où diable s'est donc fourré mon beau-père? (*Il descend la scène.*)

MINOTAURE. Tiens! c'est vous, cher ami?

BADINOT. Vous n'avez pas vu mon beau-père?

MINOTAURE, *gaiement et près de sortir*. Non, mais j'ai une drôle d'histoire à vous raconter.... figurez-vous que j'ai fait valser un innocent à la place d'une canaille nommée Badinot.

BADINOT. Hein?

MINOTAURE. Je vous raconterai ça quand j'aurai le temps, vous verrez, c'est très-drôle. (*Il sort par la gauche.*)

SCÈNE IX.

BADINOT, *puis* MONTGUIGNON ET JULIETTE.

BADINOT. Qu'est-ce que cela veut dire? serait-ce encore Léonora... je ne sais; mais la présence de cette femme ici...

MONTGUIGNON, *entrant avec sa fille*. Ah! le voilà! nous vous cherchons, mon cher.

BADINOT, *allant à lui*. Et moi aussi... avez-vous vos billets?...

MONTGUIGNON. Ah! bien oui, tenez, voyez, les bureaux sont fermés, et tout à l'heure j'ai vu vendre, ici même, un billet soixante livres sterling...

BADINOT. Diable! comment faire?.. j'ai bien ma carte d'exposant, et, à la rigueur, j'entrerais avec Mademoiselle que je ferais passer pour ma femme.

JULIETTE. Mais, je ne veux pas passer pour votre femme... je préfère ne pas entrer.

BADINOT. Ah! Mademoiselle!

MONTGUIGNON. Laissez dire Juliette, qui dissimule, et je vous en conjure, vous, si grand mécanicien, cherchez un moyen...

BADINOT. Ça n'est pas facile.

SCÈNE X.

LES MÊMES, CRÉMAILLÈRE, DEUX VOLEURS,

CURIEUX. *Crémaillère entre avec deux voleurs pris par son système. — Ils sont précédés d'une foule de curieux.*

CHŒUR.

Air : *Ah! c' cadet-là,* etc., etc.

Ah! voyez donc ces cadets-là,
Ah! la bonne aventure!
Ici, qui nous expliquera
Cette caricature!
Cature. (*bis.*)

CRÉMAILLÈRE, *entrant, suivi de deux voleurs.* Place, place à un exposant et à ses produits!

MONTGUIGNON. Monsieur Crémaillère!

BADINOT. Vous exposez?

CRÉMAILLÈRE. Des voleurs pris à la mécanique. — Je mets dans toutes leurs poches une de mes petites manivelles et ils se prennent les uns les autres. Aussi, le jury vient-il enfin de rendre justice à ma sublime invention... et voici ma carte. (*Il montre une carte d'exposant.*)

Air : *de Turenne.*

Du jury, c'était la clôture,
Mais tous ses membres, par bonheur,
Voyant cette riche capture,
Ont félicité l'inventeur!
Et se sont écriés en chœur,
Qu'en ce palais construit par la magie,
Où l'industrie accourt tout exposer,
On ne pouvait pas refuser
De vrais chevaliers... d'industrie. (*bis.*)

LE PREMIER VOLEUR, *à Crémaillère. Sir if you please?* « Monsieur, s'il vous plaît? »

CRÉMAILLÈRE, *se retournant.* Hein?

LE DEUXIÈME VOLEUR. *Damn you! Jam hungry!* « Soyez damné!... J'ai faim! »

CRÉMAILLÈRE. Qu'est-ce que tu dis? (*Le voleur ni fait signe avec son autre main qu'il veut manger.) Il a faim !... (à Badinot)* Ah ! les crétins, ils veulent que je les nourrisse !..

BADINOT. Ainsi, toutes les personnes qui vous suivent peuvent entrer à l'exposition ?

CRÉMAILLÈRE. Comment donc, mais plus il y en aura, plus je ferai sensation.

MONTGUIGNON. Oh ! qu'elle idée !.. *(Il met sa main dans la poche du dernier voleur.)* Aïe !... qu'est-ce qui me serre donc comme ça ?

JULIETTE. Ah ! mon Dieu !

CRÉMAILLÈRE. Encore un ! et de trois !

MONTGUIGNON. Voulez-vous me lâcher !

CRÉMAILLÈRE. J'en suis fâché, mon cher compatriote ; mais à présent vous me suivrez ; et même, comme vous êtes le dernier, vous porterez l'écriteau. *(Il déroule une grande pancarte qu'il passe au cou de Montguignon et sur laquelle on lit :* BANDE DE VOLEURS, PRIS A LA MÉCANIQUE, PROCÉDÉ CRÉMAILLÈRE.

MONTGUIGNON. Un écriteau !.. me prendre pour un homme-affiche !..

JULIETTE. Ah ! c'est affreux !

BADINOT, *à Crémaillère.* Mais, Monsieur...

CRÉMAILLÈRE. Silence, et qu'on me suive !

ENSEMBLE.

Air : *Ah ! c'cadet-là, etc, etc.*

CRÉMAILLÈRE.

Vite, entrons là,
Pour moi, déjà,
Oui la gloire est certaine,
Que mon esprit
Fera de bruit !
Ah ! pour moi quelle aubaine !
Aubaine. (*bis.*)

MONTGUIGNON.

De me voir là,
Qu'est-c' qu'on dira ?
Moi, me mettre à la chaîne !
Pays maudit !
Tout mon esprit
Ne me tir' pas de peine !
De peine. (*bis.*)

BADINOT.

Votre papa
Se sauvera,
Ne soyez pas en peine.
Avec esprit,
Bientôt, sans bruit,
Je veux briser sa chaîne,
Sa chaîne. (*bis.*)

JULIETTE.

Pauvre papa,
Quell' peine il a !
Montrons-nous plus humaine,
Entrons sans bruit
Quand il s'agit,
De le tirer de peine,
De peine. (*bis.*)

LES CURIEUX.

Ah ! voyez donc, ces cadets-là,
Ah ! la bonne aventure !
Ici, qui nous expliquera,
Cette caricature !
Cature. (*bis.*)

(Crémaillère, ses voleurs, Montguignon, Badinot et Juliette entrent à l'exposition. Les curieux se dispersent de tous les côtés. — Rideau.)

FIN DU SIXIÈME TABLEAU.

SEPTIÈME TABLEAU.

PERSONNAGES.		ACTEURS.
MONTGUIGNON	M.	NESTOR.
JULIETTE	Mlle	MINA WELL.
THEOPHILE CHEVILLARD.	MM.	GIL-PÉRÈS.
BADINOT		BENJAMIN.
BÉNIN		DUBOIS.
JULES MINOTAURE		MARCHAND.
LEONORA	Mmes	P. GOBERT.
PALMYRE		ANATOLIE.
CANICHETTE		SOLANGE.
MANETTE	Mmes	P. LEGRAND.
MARGOT		BLIGNY.
JEANTETON		ANTONY.
MIRA		ARIEL.
PICOTINE		DELAMARRE.
ISAURE		VICTORINE.
UNE ANGLAISE	MM.	JULES.
CLAPOTIN		A. DURAND.

Exposants français et étrangers, Voyageurs, Commissionnaires, Policemen.

La galerie principale du Palais de Cristal ; à gauche, sur le devant, un lit dont à la tête est un grand cadran. Au milieu, une petite table sur laquelle sont des petits sacs et des pots de terre ; à droite, une machine électrique ; au fond, l'exposition des divers produits d'après la gravure descriptive tirée de Londres. Entrent en scène d'abord Canichette qui se place à la petite table, puis un Chinois, à la machine électrique, il porte à la main un chapeau chinois surmonté d'un paratonnerre, avec une chaîne qui tient à un seau. Ensuite quelques personnages de la pièce avec les étrangers.

SCÈNE PREMIÈRE.

CANICHETTE, BÉNIN, *puis* PALMYRE ET UNE ANGLAISE, ÉTRANGERS.

CHŒUR.

Air :

    A la ronde,

Que tout le monde
Nous seconde
    En ce Palais !
Le génie,
De l'industrie,
Nous convie
    A ses progrès !

BÉNIN, à *Canichette*. Tiens, tiens, tiens, tiens!.. qu'avez-vous donc dans ces petits pots?

CANICHETTE. De l'engrais végétal, autrement dit, de l'engrais progressif.

BÉNIN. Pour faire pousser les cheveux!

CANICHETTE. Non, Monsieur, pour faire pousser les légumes. Tenez, un exemple : voulez-vous manger un plat de petits oignons?

BÉNIN. Je ne les adore pas; mais une fois par hasard...

CANICHETTE, *lui montrant un petit sac*. Vous prenez de la graine d'oignon.

BÉNIN. Ah! vous avez de la graine d'oignon?

CANICHETTE. J'en ai de toutes sortes.

Air : *Les murs Jéricho*, (Visite à Bedlam.)
Voici cette graine...
BÉNIN.
Il me tarde
De voir l'oignon pousser soudain!
CANICHETTE.
Semez vous-même et prenez garde,
Que par terre il n'en tombe un grain!
BÉNIN.
Et pourquoi donc vous mettre en peine?.
CANICHETTE.
Vos pieds ne s'raient plus si mignons,
Car s'il y tombait de la graine,
Il y pousserait des oignons. (*bis.*)

Avez-vous semé?

BÉNIN, *qui a pris de la graine et qui a semé sur un des petits pots*. Oui.

CANICHETTE. Eh bien! regardez maintenant; l'oignon pousse.

BÉNIN, *voyant pousser une asperge*. Mais ce n'est pas un oignon, c'est une asperge!

CANICHETTE. Ah! mon Dieu! je me suis trompée de paquet... mais c'est égal, regardez comme elle pousse!..

BÉNIN. Mais elle pousse trop!.. arrêtez!.. (*Il place son chapeau sur l'asperge qui est déjà montée de plusieurs pieds; l'asperge continue de monter.*) Mais arrêtez!.. arrêtez votre asperge!.. elle emporte mon chapeau!...

CANICHETTE, *gaiement*. C'est pas ma faute; c'est une asperge montée.

BÉNIN, *riant*. Ah! c'est très-joli, très-joli!..

PALMYRE, *venant de droite et traversant la scène, à une grande Anglaise très-maigre*. Des tournures crinolines, oui, Madame, par ici.

L'ANGLAISE. Moâ volé quelque chose de très-grosse, très-grosse.

PALMYRE. J'ai ce qu'il vous faut, vous serez enchantée!.. *Elle sort à gauche avec l'Anglaise.*)

SCÈNE II.

LES MÊMES PERSONNAGES, *qui sont restés en scène,*
MONTGUIGNON, CLAPOTIN.

MONTGUIGNON, *entrant avec Clapotin*. Ah! Mon-sieur, que je vous remercie d'avoir désempri-sonné ma main!

CLAPOTIN, *lui donnant une poignée de main*. Vous ne m'en voulez plus d'avoir enchéri sur vous?

MONTGUIGNON. Moi, vous en vouloir; en vouloir à mon libérateur!.. et cela quand je suis dans le Palais de Cristal! (*Regardant autour de lui.*) Le voilà donc ce temple de l'industrie! Ah! l'on a beau dire, c'est un grand siècle que le nôtre!

Air : *Les anguilles et les jeunes filles.*

C'est un siècle qui nous honore!.
Le siècle des inventions,
Malheureusement c'est encore
Celui des révolutions.
Oui, dans le grand siècle où nous sommes,
On invente tout, excepté...
Le moyen d'accorder les hommes, (*bis.*)
Qu'on n'a pas encore inventé.

CLAPOTIN. Vous paraisssez amateur des nou-velles découvertes, Monsieur?

MONTGUIGNON. Amateur enthousiaste!

CLAPOTIN. Voulez-vous essayer le chapeau pa-ratonnerre?

MONTGUIGNON. Qu'est-ce donc?

CLAPOTIN, *montrant le Chinois*. Une invention chinoise de ce magot dont je suis l'interprète. (*Prenant le chapeau des mains du Chinois.*) Avec ce chapeau, Monsieur, vous pouvez sans rien craindre, sortir par tous les temps d'orage; si la foudre tombe sur vous, elle file le long du para-tonnerre, glisse sur le chapeau, atteint la chaîne, glisse encore le long de la chaîne et vient se noyer dans le seau d'eau.

MONTGUIGNON. Oh! pour le coup, c'est renver-sant!

CLAPOTIN. Du tout, Monsieur, cela vous touche à peine.

MONTGUIGNON. Non; je ne dis pas que c'est renversant parce que cela renverse, je dis que je suis renversé parce que c'est renversant; et je donnerais tout au monde pour être témoin de cette expérience.

CLAPOTIN, *le coiffant du chapeau*. Rien de plus facile, mettez ce chapeau.

MONTGUIGNON, *ému*. Est-ce que vous allez faire tomber le tonnerre sur moi?

CLAPOTIN. Qu'est-ce que le tonnerre?.. une dé-tonation électrique. Les physiciens se le procu-rent à volonté.

MONTGUIGNON, *gêné par le seau qu'il porte à son bras, et marchant*. Et puis, voyez, comme c'est commode pour se promener... comme on est bien avec ça... c'est d'une simplicité!.. (*Il dépose le seau près de lui, et s'assied.*)

CLAPOTIN, *faisant un signe au Chinois*. Allez, la machine. (*Le Chinois tourne la machine.*)

MONTGUIGNON. Ah! j'éprouve des émotions ; je suis très-émotionné.

CLAPOTIN, au Chinois qu'il interrompt du geste. Ne touchez plus à rien. (*Il tient une bouteille de Leyde ; à Montguignon.*) Y êtes-vous ?

MONTGUIGNON. Ma foi ! oui, tant pis, j'y suis.

CLAPOTIN. Attention ; voici la foudre qui tombe !

MONTGUIGNON. Ah ! je suis bien ému ! (*A ce moment, Clapotin décharge l'électricité sur le haut du paratonnerre. Un éclair brille au bout de la pointe et l'on entend un grand bruit dans l'intérieur du seau.*)

CLAPOTIN. Voilà !

MONTGUIGNON. Le tonnerre est tombé ! (*Cherchant dans le seau et retirant un morceau de fer.*) Le voilà, il est tombé en fer.

CLAPOTIN.

Air : *Adieu, je vous fuis, bois charmant.*

C'est un procédé des plus beaux.

MONTGUIGNON.

Monsieur, voyez où nous en sommes,
La foudre tombant dans les seaux
Ne tombera plus sur les hommes.

CLAPOTIN.

Les hommes, grâce à leurs chapeaux,
Riront de la foudre en colère !

MONTGUIGNON, *montrant son seau.*

On ne verra plus que les seaux,
Qui redouteront le tonnerre.

TOUS.

On ne verra plus que les seaux,
Qui redouteront le tonnerre.

SCÈNE III.

LES MÊMES, PALMYRE, L'ANGLAISE, *dont la robe est enflée par une immense tournure.*

PALMYRE. Je vous assure Madame, que vous n'êtes plus reconnaissable.

L'ANGLAISE. Oh! yès! yès, moâ changée bôcoup !

MONTGUIGNON, *la contemplant.* Ah! Dieu! quel édifice !

L'ANGLAISE. Vô, appelez ça édifice !

MONTGUIGNON. Oh ! c'est un petit nom, que...

L'ANGLAISE. Yès, je aimai mieux le édifice... je allé promener le édifice à moâ dans le exposichion. (*Elle sort avec Palmyre.*)

SCÈNE IV.

LES MÊMES PERSONNAGES, *en scène.* BADINOT.

BADINOT. Ah ! c'est vous, beau-père... je vous retrouve...

MONTGUIGNON. Badinot... ah! mon ami, je suis émerveillé !

BADINOT. Vous le serez bien plus, beau-père,

quand vous allez connaître ma sublime invention

MONTGUIGNON. Ah! voyons, voyons !

BADINOT. Regardez ! (*Il lui montre le lit.*)

MONTGUIGNON. Qu'est-ce que c'est que ça ?

BADINOT. Un lit réveil-matin.

MONTGUIGNON. Un lit qui réveille ?

BADINOT. Oui, beau-père, un lit qui réveille et qui endort.

MONTGUIGNON. Il endort et il réveille ?

BADINOT. En un instant. Tenez, la grande aiguille marque trois heures moins deux minutes; dans une minute, vous serez endormi, et, à trois heures justes, quand l'horloge sonnera, vous vous réveillerez.

MONTGUIGNON, *se couchant sur le lit.* J'y suis.

BADINOT. Attention ; je monte la mécanique. (*Il monte la machine avec une clé, comme on monterait une pendule; et l'on entend une musique jouer l'air :* DODO, L'ENFANT DO, etc. etc.

MONTGUIGNON. Oh! la douce musique! oh! ces sons sont si doux !.. ils me bercent... ah ! que je suis donc bien couché... ma paupière se ferme... je dors. (*Il s'endort.*)

BADINOT. Le voilà parti ! (*Ici trois heures commencent à sonner et, au dernier coup, le lit, se sépare en deux violemment, et Montguignon se trouve précipité sur le parquet.*)

MONTGUIGNON. Aïe ! aïe ! aïe !

BADINOT. Êtes-vous réveillé, beau-père ?

MONTGUIGNON. Sapristi ! qu'est-ce qui m'a donc jeté par terre !

BADINOT. Je vous demande si vous êtes réveillé ?

MONTGUIGNON. Comment ! si je suis réveillé ?

BADINOT. Vous avez dormi, n'est-ce pas ?

MONTGUIGNON. Oui.

BADINOT. Eh bien ! maintenant, vous êtes réveillé ?

MONTGUIGNON. Mais je suis brisé !

BADINOT. Vous êtes brisé, mais vous êtes réveillé !

MONTGUIGNON. Allez donc vous coucher !

Air de *Calpigi.*

Non, ce lit n'a pas de mérite.

BADINOT.

Il vous réveille...

MONTGUIGNON.

Mais par trop vite.

BADINOT.

Qu'importe, s'il réveille enfin,
S'il réveille, il est bien certain,
Que c'est un lit réveil-matin.
Et puis, s'endormir en musique,
Convenez que c'est magnifique !

MONTGUIGNON.

Oui, l'on s'endort sur un morceau,
Et l'on s'éveill' sur le carreau. (*bis.*)

Eh bien ! franchement, Badinot, votre invention ne me séduit pas.

SCÈNE V.

Les mêmes, JULIETTE, LÉONORA, PALMYRE,
puis MINOTAURE, *ensuite* THÉOPHILE.

JULIETTE, *à Montguignon*. Et voilà qui vous
séduira moins encore, mon père. (*Elle lui remet
un paquet de lettres.*)

MONTGUIGNON. Ces lettres?

LÉONORA, *indiquant Badinot*. Celles que Monsieur m'écrivait.

BADINOT. Léonora!.. filons ! (*Il se sauve.*)

MONTGUIGNON, *qui a parcouru une lettre*. Comment! ce gredin de Badinot !.. en vérité je tombe
des nues... et moi qui ai flanqué à la porte ce
pauvre Théophile Chevillard!

THÉOPHILE, *paraissant, il a un costume tout
hérissé de piquants*. Théophile Chevillard ! présent!

TOUS. Qu'est-ce que c'est que ça ?

MONTGUIGNON. Mais c'est une bête !

THÉOPHILE. Non, ça n'est pas une bête, c'est
moi ! l'industrie a comblé mes vœux ; ce costume
inventé pour aller à la chasse aux tigres, me paraît délicieux pour valser.

TOUS. Pour valser?

THÉOPHILE. Oui, je cherche mon valseur... où
est-il ?

MINOTAURE, *paraissant, allant à Léonora*. Ah!
belle dame ! je vous cherchais... me voici !.. je
suis à vos ordres.

THÉOPHILE. C'est lui. (*Il se précipite sur Minotaure.*)

Air : (*Le concert à la cour.*)

    Me voilà!
                MINOTAURE.
    Qu'est qu' c'est qu' ça?
            THÉOPHILE.
    C'est Théophile.
                MINOTAURE.
    Vous ici,
    Vous ainsi!
            THÉOPHILE.
    Oui, me voici.
    Allons,
    Valsons!
                MINOTAURE.
    Corbleu !
    Morbleu !
    Restez tranquille.
                THÉOPHILE.
    Tu céderas,

    Tu tourneras,
    Tu valseras !
            MINOTAURE.
    Vous me piquez!
                THÉOPHILE.
    Oui, je trouve commode,
    De te larder comme un bœuf à la mode.
            TOUS.
    Ah ! ah! ah! ah!
    Ah ! ah! ah! ah!
        Quelle folie !
    Ah ! ah! ah! ah!
    Quelle industrie,
    Est-ce donc là?
            MINOTAURE.
    Aïe! oh ! cristi!
    Mais sapristi!
    Si je m'emporte,
    Je vais rugir,
    Je vais bondir
    Et t'aplatir.

JULIETTE, *à Théophile*. Mais restez donc tranquille, et embrassez mon père qui consent à notre
mariage.

THÉOPHILE. Qu'entends-je !.. il consent?.. (*A
Montguignon, qu'il veut embrasser.*) Oh ! dans
mes bras, dans mes bras! embrassez votre
gendre.

MONTGUIGNON. Aïe! aïe ! vous!.. mais ce n'est
pas un gendre, c'est un hérisson !.. (*On entend
un bruit de fanfares.*)

TOUS, *remontant vers le fond*. Qu'est-ce que
c'est que ça ?

MONTGUIGNON. C'est le signal de la fête sur la
Tamise.

TOUS. A la Tamise !

CHŒUR.

        Air :

        Allons,
        Courons,
        Faisons
    Diligence!
    Nous les verrons
    Tous ces pavillons!
        Allons,
        Courons,
    Nous verrons,
        Je pense,
        De l'univers
    Les vaisseaux divers.

(*Tout le monde sort. — Le théâtre change.*)

FIN DU SEPTIÈME TABLEAU.

HUITIÈME TABLEAU.

TOUS LES PERSONNAGES.

La Tamise. Les vaisseaux pavoisés de toutes les nations. Crémaillère entrant de droite, il se frotte les côtes, et il lui manque le pan droit de son habit, où se trouvait prise la main du voleur.

CRÉMAILLÈRE. Ah! les gueux! ah! les gredins! ils ont déchiré mon habit, et ils m'ont donné une affreuse volée... je n'ai plus de poches... je n'ai plus de mécaniques... je n'ai plus qu'à retourner a Paris. (*Il va pour sortir, entrent Montguignon, Palmyre, Théophile, Juliette.*)

MONTGUIGNON. Mais venez donc, mon futur gendre!

PALMYRE. Mais oui, mais arrive donc, Théophile! Ah! que les amants sont bavards!

THÉOPHILE. C'est que je suis si heureux de n'être plus un amoureux malheureux!

JULIETTE. Et moi, si contente d'être débarrassée de ce Badinot!

CRÉMAILLÈRE. Badinot! vous cherchez M. Badinot?.. il vient de s'embarquer sur un de ces navires.

MONTGUIGNON. Vraiment! Ah! bien, ma foi, il n'aura eu qu'à choisir... (*Regardant la flotte.*) Y en a-t-il! y en a-t-il!

TOUS LES PERSONNAGES DE LA PIÈCE, *entrant.* Les voilà! les voilà!

MONTGUIGNON. Les voilà! qui donc?

THÉOPHILE. Tous les marins, qui viennent ici commencer la fête, rangeons-nous, beau-père. (*Tout le monde se range de chaque côté et au fond. Entrent les marins de toutes les nations.*)

BALLET.

(*Après le ballet, Théophile allant à Montguignon et l'amenant sur le devant.*)

THÉOPHILE.

Air : *De madame Favart,*

Eh bien! beau-père?
MONTGUIGNON.
Eh bien, sur la Tamise,
Je pense encore au Palais de Cristal,
THÉOPHILE.
Diable! à propos de la Tamise,
Pourquoi parler du Palais de Cristal!..

(*Au public.*)

Messieurs! quand nous vous montrons la Tamise,
Après le Palais de Cristal,
Ne faites pas, dans la Tamise,
Dégringoler le Palais de Cristal! (*bis*).

FIN.

LAGNY. — IMPRIMERIE DE VIALAT ET Cⁱᵉ.